《黄家溪村·古诗词辑选》编委会 编

黄家溪村·古诗词辑选

上海社会科学院出版社

编者的话

黄家溪村位于苏州市吴江区盛泽镇北端，京杭大运河转折流经黄家溪村。在两千多年以前的春秋战国时期，黄家溪称“合路”，是吴、越两国交界地带。唐代这里的经济就很发达。宋代，南宋高宗帝曾来黄家溪治病。明建文帝五次光临黄家溪史家。清乾隆帝两次在黄家溪驻跸营盘，其中题字积庆寺改为吉庆寺。中国早期的资本主义萌芽也出现在黄家溪的泰安桥边上。历史上，黄家溪就孕育了不少文人墨客，同时因为黄家溪的地理位置和商业的繁荣，吸引了不少文坛大家、名人的流连歌咏。

新中国建立后，在共产党的领导下，特别是改革开放以来，黄家溪村发生了翻天覆地的变化，由贫困村发展成富裕村。

近年来，黄家溪村党委、村委致力于挖掘黄家溪的历史文化，提出来将明、清时曾远近闻名的黄溪八景重建，现已建成“北角观鱼”“长春夜月”“积庆晓钟”三景，其余“帝阁朝霞”“龙湾夕照”“合路风帆”“寨湖烟屿”“南滩问渡”也在建设中，希望重显昔日繁景；同时搜集、编撰了涉及黄家溪村古诗词数百首，这些诗词或是由黄家溪人所写的，或者是曾居住、游历过黄家溪文人所写的，以及描述黄家溪景象的。这些工作的开展，目的是为了进一步振兴本地文化，实现中华民族的伟大复兴，实现强国梦，弘扬中华民族历史上的文明精神。

正如《黄家溪咏》：

黄由归隐留合路，溪塘风光多不同，
八仙过海生神通，景星麟凤引客增。
陈古述今朝朝春，志在千里飞龙尊，
明路修道好运来，建设家园四方赞。

鉴于我们的经验、水平有限，在编撰的过程中，因为部分的资料的缺失，有些史料也难以考证，所以难免出现错、漏等情况，在此希望专家、学者及广大读者给予指出，我们深表感谢。

《黄家溪村·古诗词辑选》编委会

目　　录

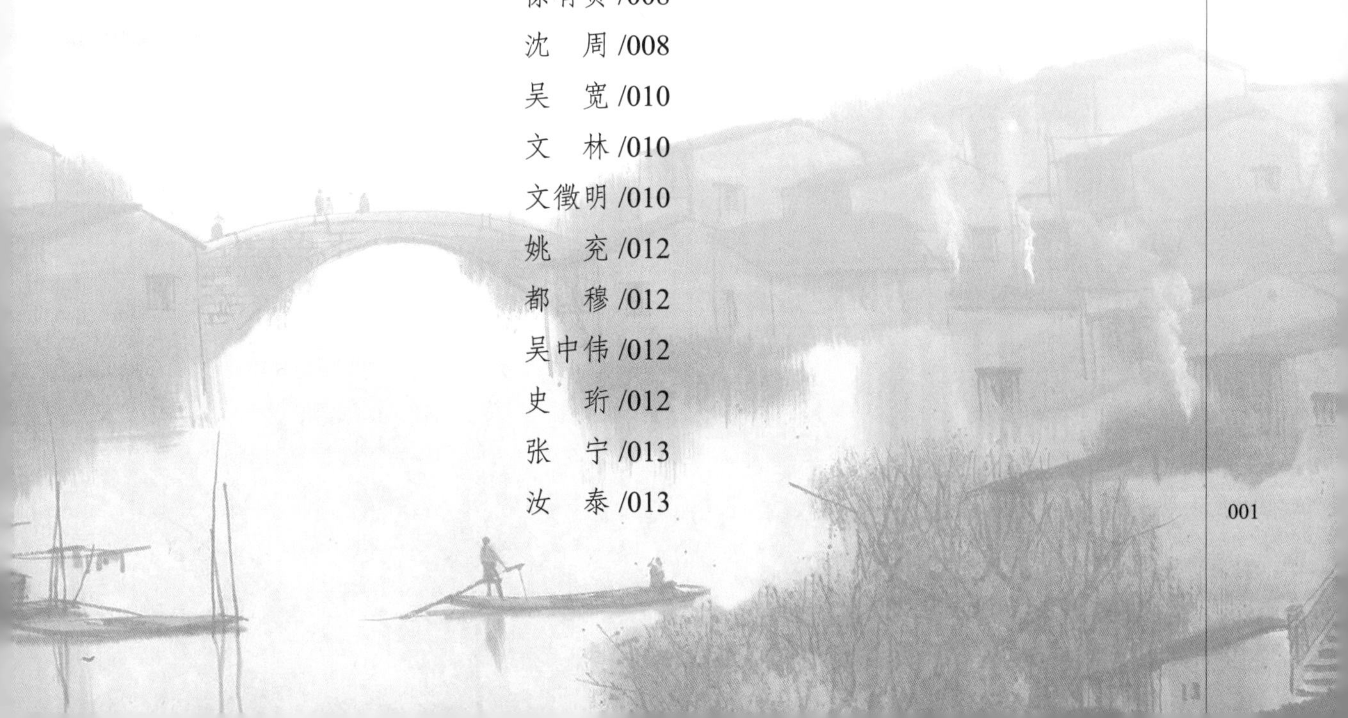

第五部分　清代辑选

第一部分

唐代辑选

李白（701—762年），字太白，号青莲居士，又号“谪仙人”，有“诗仙”之称，是中国唐代最伟大的浪漫主义诗人。李白爽朗大方，爱饮酒作诗，喜交友。唐开元年间（713—741年），进士屈突辞建昌宰，隐居于合路村寨湖之南屿，自称“青草滩主人”。李白有《对酒醉题屈突明府厅》一诗赠之。

对酒醉题屈突明府厅

陶令八十日，长歌归去来。故人建昌宰，借问几时回。
风落吴江雪，纷纷入酒杯。山翁今已醉，舞袖为君开。

《（康熙）吴江县志续编》记录这首诗的背景：“屈突明府厅，在黄家溪，俗称庄上。地俭三四十亩，西有饮马池，可二三丈，大旱不涸，周匝荻芦，幽寂闲旷。”

第二部分

宋代辑选

一、张渊（1135—1212 年），字叔潜，号平园老叟。宋代福建永福(今属永泰县)人。宋绍兴二十七年丁丑(1157 年)登王十朋榜进士，授黄州司户。太史令，知嘉兴县。

西村钓游处

榆树园

平芜数亩地，高树一溪阴。众鸟亦有托，春风巢满林。

鹤汀

滩白沙漫漫，鹤鸣风骚骚。孤舟一声笛，沧江明月高。

橘洲

未入筐筐贡，洞庭霜自秋。天涯明月夜，有梦到龙洲。

桃李蹊

春雨亦云足，繁花亦媚人。吾将拂衣去，紫陌已红尘。

回塘

野屋过桥转，石阑临岸斜。鱼游春水面，随意唼杨花。

迷鱼岛

水上小浮玉，雨来先出云。鱼游不知处，莲叶正纷纷。

坞

东风吹片雨，花坞出红云。何处一声鸟，沧江半夕曛。

芳草渡

夕阳明细草，春水绿于苔。人立平沙久，渔舟唤不来。

芙蓉庄

水上鱼鳞屋，芙蓉六月春。红妆明镜里，愁煞荡舟人。

碧芦湾

沧江白露寒，葭菼秋揭揭。沙边月黑时，渔火自明灭。

题瞻绿亭

百年怀抱为君开，江上重逢袁绍杯，
白发骎骎人易老，南风亭馆几回来。

二、黄由（生卒年不详），字子由，自号盘野居士。生于南宋绍兴年间（1131—1162 年），卒于嘉定年间（1208—1224 年），宋代平江府吴县（一说长洲县，今江苏苏州）人。黄由少承家学，聪明好学，有文才，善属文。宋孝宗淳熙八年（1181 年）中状元，历任南安军签判、绍兴府通判、著作佐郎、礼部 尚书、成都与绍兴知府、浙东安抚使；提举隆兴府。嘉定三年（1210 年）升迁刑部尚书兼直学士院，官至正奉大夫、黄龙万寿宫宝谟阁学士，封吴郡开国侯。卒后，赠“太师”。

归来

归来三阅月，无事一关心。刈草寻花径，开池漾竹阴。
江边问明月，天际数归禽。幸有高宾至，相逢似竹林。

三、张尧同，约公元 1270 年前后在世，浙江秀水（今嘉兴）人。著有《嘉禾百咏》一卷。《四库总目》传于世。

穆和溪

净练明田外，源流笠泽通。不因逢旱岁，谁识济时功。

韭溪

终与双溪接，分流入郭来。市桥人影合，不解洗尘埃。

会景亭

有景道不出，须来此水滨。十分花鸟色，团作一亭春。

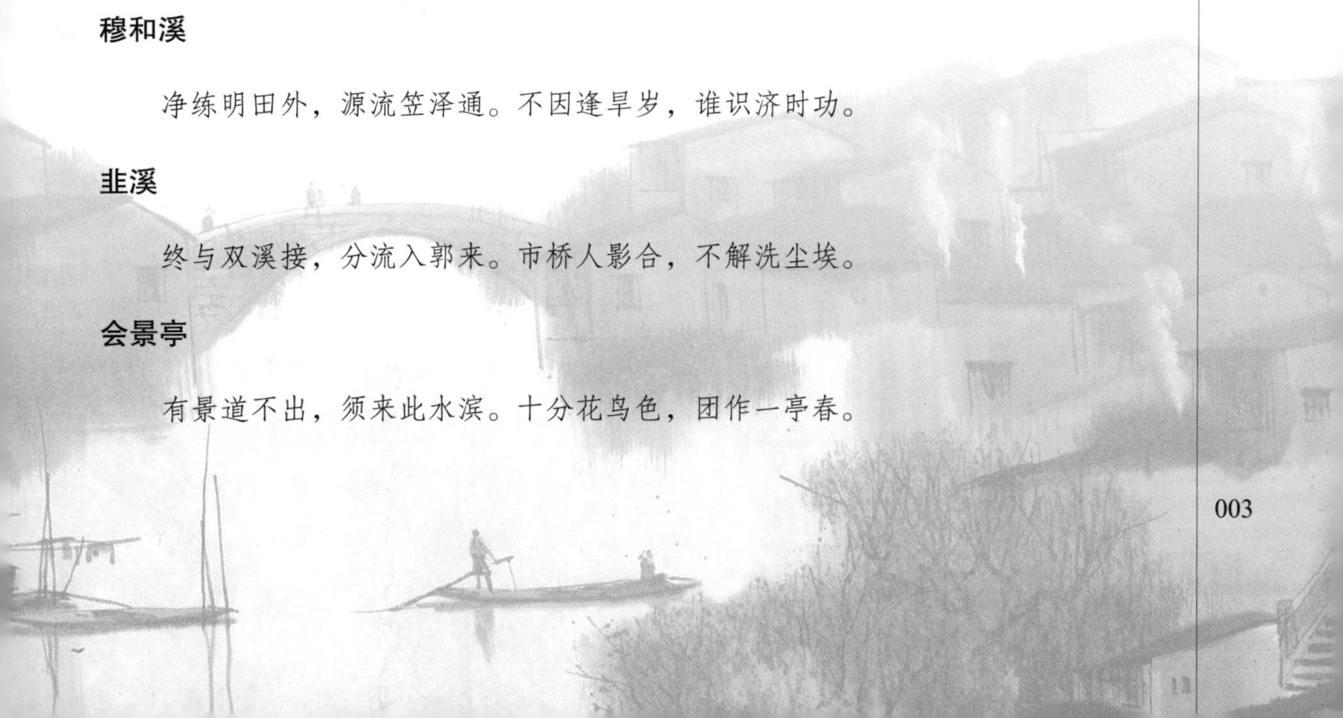

百步桥

旧址依然在，荒墟未百年。还分一桥水，流入几家田。

兜率寺

昔年池满地，今见屋耽耽。不结莲花界，龟鱼死未日。

第三部分

元代辑选

一、善住（生卒年不详），元代高僧。字无住，别号云屋。曾居于吴都之报恩寺，闭关念佛，修净土行。著有《安养传》。又工于诗，每与仇远、白挺、虞集诸人往返酬唱，有《谷响集》行世。

合路道中

此路何时有，扁舟几度过。晚烟青草岸，春雨白鸥波。
野寺楼台小，江村花柳多。客怀无可奈，谁唱采菱歌。

二、顾德辉(1310—1369年)，一名瑛，又名阿瑛，字仲英，号金粟道人，江苏昆山人。

青玉案·春寒恻恻春阴薄

春寒恻恻春阴薄。整半月，春萧索。晴日朝来升屋角。树头幽鸟，对调新语，语罢双飞却。

红入花腮青入萼。尽不爽，花期约。可恨狂风空自恶。晓来一阵，晚来一阵，难道都吹落?

蝶恋花·春江暖涨桃花水

春江暖涨桃花水。画舫珠帘，载酒东风里。四面青山青似洗，白云不断山中起。

过眼韶华浑有几。玉手佳人，笑把琵琶理。枉杀云台标内史，断肠只合江州死。

题宋徽宗仙山楼观图

宣和天子昔神游，凤驾行空过玉楼。此去有人言赤马，归来无处逐青牛。
分明艮岳通玄圃，想像方壶接祖洲。莫把仙山作图画，琼花琪树不胜秋。

自赞

儒衣僧帽道人鞋，到处青山骨可埋。还忆少年豪侠兴，五陵裘马洛阳街。

往凤阳次虎丘

柳条折尽尚东风，杼轴人家户户空。只有虎丘山色好，不堪又在客愁中。

湖光山色楼避暑口占

天风吹雨过湖去，溪水流云出树间。楼上幽人不知暑，钩帘把酒看虞山。

天宝宫词十二首寓感 《草堂雅集》题云“唐”

天宝鸡坊宠贾昌，宫中蝴蝶上钗梁。锦绷昼浴天骄子，绛节朝看王大娘。
芍药金栏开内苑，蒲萄玉盏酌西凉。月支十万资胭粉，独有三姨素面妆。

莲花池畔暑风凉，玉竹回文宝簟光。贪倚画屏调翡翠，误开金锁放鸳鸯。
轻绡披雾夸新浴，堕髻攲云衔晚妆。笑语女牛私语处，长生殿下月中央。

五王马上打球归，赢得宫花献贵妃。乐起阁门边奏少，祸因台寺谏书稀。
侍儿随幸皆颁紫，骰子蒙恩亦赐绯。姊妹相从习歌舞，何人能制柘黄衣。

十三女子擘箜篌，选作梨园第一流。却道荷花真解语，岂知萱草本忘忧。
红鸾不照深宫命，翠凤常看破镜羞。舞得太平并万岁，五年谁赐锦缠头。

尧文文学过访赋别兼简鹤斋薛真人 名毅夫

忆昨相过寂寞滨，白头倾盖岂如新。惊回赤壁三更梦，开遍桃花一树春。
顾我老为思枥马，怜君远作倚楼人。黄公垆畔三株树，留待来时醉挂巾。

颇幽绝

我爱新居好，萧然绝世氛。路回青草岸，水合白鹅群。

别业

野色排檐人，书声隔竹闻。是中多野趣，难许俗人分。

第四部分

明代辑选

一、吴复(1321—1383年)，字伯起，庐州合肥(今安徽合肥)人，明朝将领。元末随朱元璋起义，屡建战功，封安陆侯。

睡龙湾留别史清远

睡龙湾下漾轻舟，平望城南雨乍收，
白日不孤君子约，好风能为故人留。
珍羞出釜逾兼味，玉液飞觥不计筹，
花竹林塘图画里，琅玕题字纪清游。

二、徐有贞（1407—1472年），初名珵，字元玉，号天全翁。吴县（今江苏苏州）人。

鸿都歌赠史廷贵

九重春霭开天门，千里拜官遥谢恩，北向嵩呼拜且舞，太微即位从人补。清门宣义东吴豪，助国饷军敢惮劳。金结珠蕤插乌帽，银装香带束青袍。穆溪溪边花似锦，锦连步障延宾饮。饮酣为君歌我词，愿君行义如释之，流芳百代良可期。

三、沈周(1427—1509年)，明代杰出画家。字启南，号石田，又号白石翁、玉田生、有居竹居主人等。长洲(今江苏苏州)人。性情敦厚、博学多才，长于文学，亦工诗画，善画山水、花卉、鸟兽、虫鱼，皆极神妙。常草草点缀，即得意趣。亦常题诗词于画上，当时人称他为“二绝先生”。画宗黄大疾、吴镇，自成一家笔法。亦工墨笔花鸟，和他的学生文徵明并称为“吴派”两大家。又与文徵明、唐寅、仇英称“明四家”。他每画一画，落笔点苔，绝不苟且。他能从多方面摹习古人，又加自己的创造，更参以二米的笔趣，善用粗笔，圆润挺劲，厚重凝炼。出入于宋元名家，创作态度极为慎重。沈周是吴门画派的开创者，复兴了文人画派的传统。

劝史鑑联

沈石田踏雪寻梅，寒酸之士；
史西村对日吃饭，温饱之家。

黄溪春早

一水自西东，春流浩荡通，
楼台倒明月，舟楫坐长空。
芳草渔隈合，柔桑蚕户同，
作文须记胜，要自太湖翁。

《雨意图》提识

明成化二十三年（1487 年）春天的一个雨夜，沈周与三女婿史永龄彻夜长谈。沈周意兴所致，挥毫完成《雨意图》。他在作品的题识中写道：

雨中作画借湿润，灯下写诗消夜长，
明日开门春水阔，平湖归去自鸣柳。

登小雅堂哭西村史姻家先生

筑台高住似神仙，恰好堂成及已年，
歌哭于斯人忽耳，死生无度事茫然。
青山底处寻藏史，白雪从今付绝弦，
此夜独登惟见月，清光依旧石阑前。

哭西村回雪中过莺脰湖有感再悼一章

不复见此叟，归哉空雪湖，低云接清泪，远浪激长吁。
肮脏老博士，峥嵘伟丈夫，明廷虚购玉，沧海实遗珠。
雄辩长翻口，衰痕未满须，斯人竟防疾，我辈强孱躯。
一邑人皆愕，三年梦已殊，妙篇留脍炙，还与不亡俱。

四、吴宽(1435—1504 年)，字原博，号匏庵、玉亭主，世称匏庵先生。长洲(今江苏苏州)人。明代名臣、诗人、散文家、书法家。吴宽为明宪宗成化八年(1472 年)状元，授翰林院修撰，曾侍奉孝宗读书。孝宗即位，迁左庶子，预修《宪宗实录》，进少詹事兼侍读学士。官至礼部尚书，卒赠太子太保，谥号“文定”。

登小雅堂哭故友西村史先生

路绕黄家溪水长，春风洒泪复登堂，
草荒求仲常来径，尘满元龙旧卧床。
分手死生嗟契阔，伤心聚散觉凄凉，
高邱数尺栖神地，碧树争凋不待霜。

五、文林（1445—1499 年），长洲（今江苏苏州）人，字宗儒、文洪子。明成化八年（1472 年）进士。历知永嘉、博平二县，迁南京太仆寺丞。建言时政十四事。告归数年，复起知温州府，卒于官。有《琅琊漫抄》《文温州诗》。

哭史西村先生

百里乘舟泪不干，堂登小雅倍辛酸，
高台月上人何在，旷世风流骨未寒。
好古有心真自许，贻谋无地不为安，
伟哉尚觉闻雄辩，漫展遗文一再看。

六、文徵明（1470—1559 年），原名璧，字徵明。四十二岁起以字行，更字征仲。因先世衡山人，故号衡山居士，世称“文衡山”，明代画家、书法家、文学家。长洲（今江苏苏州）人。曾官翰林待诏。诗宗白居易、苏轼，文受业于吴宽，学书于李应祯，学画于沈周。在诗文上，与祝允明、唐寅、徐真卿并称“吴中四才子”。在画史上与沈周、唐寅、仇英合称“明四家”。

题水月观

笔床书卷绕壶觞，到此欣然百事忘，

自笑频来非俗客，只愁难却是清忙。
池塘听雨烦心净，庭槛迎风醉面凉，
绿树绕垣啼鸟寂，更从何处觅江乡。

春节

不求见面惟通谒，名纸朝来满敝庐，
我亦随人投数纸，世情嫌简不嫌虚。

豪放

拂拭残碑，敕飞字，依稀堪读。慨当初，倚飞何重，后来何酷。
岂是功成身合死，可怜事去言难赎。最无辜，堪恨更堪悲，风波狱。
岂不念，封疆蹙；岂不念，徽钦辱，念徽钦既返，此身何属。
千载休谈南渡错，当时自怕中原复。笑区区．一桧亦何能，逢其欲。

中秋节

桂花浮玉，正月满天街，夜凉如洗。风泛须眉并骨寒，人在水晶宫里。蛟龙偃蹇，观阙嵯峨，缥缈笙歌沸。霜华满地，欲跨彩云飞起。

记得去年今夕，酾酒溪亭，淡月云来去。千里江山昨梦非，转眼秋光如许。青雀西来，嫦娥报我，道佳期近矣。寄言俦侣，莫负广寒沈醉。

婉约

庭下石榴花乱吐，满地绿阴亭午。午睡觉来时自语，悠扬魂梦，黯然情绪，蝴蝶过墙去。

骎骎娇眼开仍，悄无人至还凝伫。团扇不摇风自举，盈盈翠竹，纤纤白苎，不受些儿暑。

荷花

九月江南花事休，芙蓉宛转在中洲，
美人笑隔盈盈水，落日还生渺渺愁。
露洗玉盘金殿冷，风吹罗带锦城秋，
相看未用伤迟暮，别有池塘一种幽。

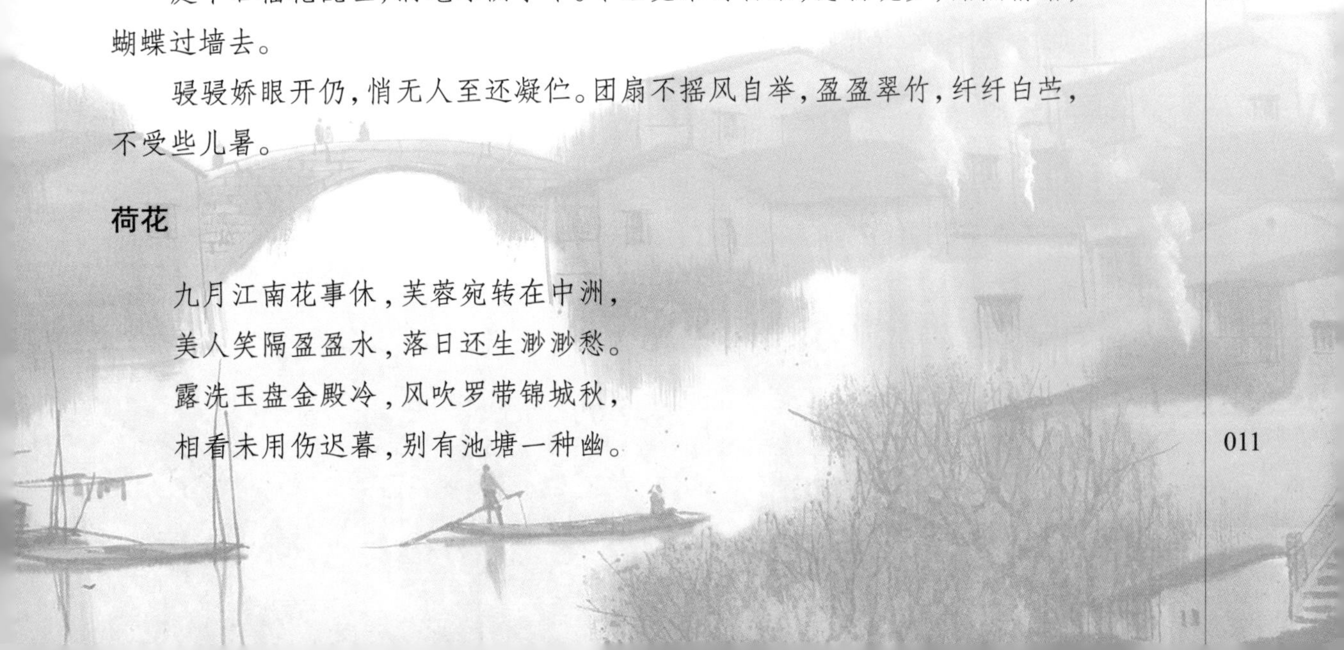

登小雅堂哭西村夫子

六十三年盖代豪，掀髯想见气横涛，
乡间总识衣冠古，流俗空惊论议高。
前辈似公何可少，英雄终老亦云遭，
凄凉小雅新堂上，曾把文章勖我曹。

七、姚究（生卒年不详），字叔信，号元岳山人，秀水（今浙江嘉兴）人，姚悦之子。约明神宗万历十年（1582 年）前后在世。家甚富。究少以事系狱，与诗僧同羁，因得其诗法，始折节与文士游。究诗出自林，故无俗气，有《尚元草》八卷、《咏物诗》二卷，《四库总目》传于世。

穆和溪

长溪晞晃漾，短棹溯潺爱，鱼跃应知乐，鸥眠自得闲。
荡暄菱透水，沙暗苇萦湾，浊酒呼农父，欢言薄暮还。

八、都穆(1458—1525 年)，明代大臣，金石学家、藏书家。

登墓哭故友西村史先生

纸灰飞雪满坟台，知是家人拜扫回，
交谊忘年吾敢望，东风吹泪湿青苔。

九、吴中伟（生卒年不详）

侍郎井

共说南朝史侍郎，凿泉当日赐恩光，
遗瓯帝子今何在，茅屋萧条几夕阳。

十、史珩（1414—1467 年），明吴江（今江苏苏州）盛泽黄家溪人。字廷贵。号友桂，人称桂轩。史仲彬长孙，凌信从姐夫，史鑑父。曾代父为税长，不病民私己，严治豪猾，辟学塾，出粟七千石以实边及赈饥，获旌表“尚义”。

不信佛老巫觋及阴阳迷信。喜读《资治通鉴》，琴诗自娱有学行。

自题宜晚楼

世路已知晚，山花长自春，曾为独醒者，欲作耦耕人。
小妇能蚕事，诸孙理钓纶，青天五柳下，藜杖一闲身。

十一、张宁（生卒年不详）

史明古隐居处

黄家溪上杜陵庄，数顷山田半里塘，
种蕙新开楚人畮，采莲重买越州航。
松桥转径斜通谷，石濑分流曲绕墙，
世路功名如此远，直须耕钓学柴桑。

满江红·题碧梧翠竹送李阳春

离别
一曲清商，人别后，故园几度。想翠竹，碧梧风采，旧游何处。
三径西风秋共老，满庭疏雨春都过。看苍苔，白石易黄昏，愁无数。
峄山畔，淇泉路。空回首，佳期误。叹舞鸾鸣凤，归来迟暮。
冷淡还如西草，凄迷番作江东树。且留他，素管候冰丝，重相和。

十二、汝泰（1440—1509 年），明吴江（今江苏苏州）黎里人。字元吉，一字其通。汝讷侄。弘治八年（1495 年）进士。拜南京吏部考功司主事，迁验封司郎中，以时望奏改考功司郎中。正德三年（1508 年）擢永州知府，卒于任。与李应祯、吴宽、姚明、史鑑皆以文学著名。著有《来斋集》。

前题

鱼鸟沧洲上，茅茨覆小堂，芰荷出水浅，薜荔绕垣长。
老去观书懒，宾来下榻忙，看花韦曲处，可笑杜陵狂。

偕史明古夜坐垛上

天外星河转，云端斗柄移，衔杯当此夕，爱尔果前期。
淡月临窗户，新凉到绤絺，残灯见萤火，点点入书帷。

十三、沈士哲（生卒年不详）

登积庆寺钟楼

石桥新涨没苔痕，榆柳千章荫寺门，
几点疏林烟火隔，寒汀收网暗前村。

十四、鲁昂（生卒年不详）

前题

竹树萦纡处，亭台罨画中，傲时输隐吏，分席许渔翁。
窗启官程近，林回曲径通，未夸张仲蔚，门户自蒿蓬。

十五、史鑑（1434—1496 年），字明古，人称西村先生，明吴江（今江苏苏州）人。著有《西村集》《西村杂言》等。博览群书，尤长于史。文章练达时势，关乎国计民生。清乾隆三十八年（1773 年），诏收天下遗书编制《四库全书》，《西村集》入集部。

1. 西村集卷一（辞）

桂岩辞

桂树连蜷兮岩之幽，有美一人兮于焉逍遥。
履崭岩兮日延伫，嗟所思兮在中路。
謇何为兮不来，恐年岁兮迟暮。
采芳馨兮遗之，远莫致兮愁予。
结桂枝兮为房，芳菲菲兮满裳。
矫厥美兮自媚，日欣欣兮乐康。

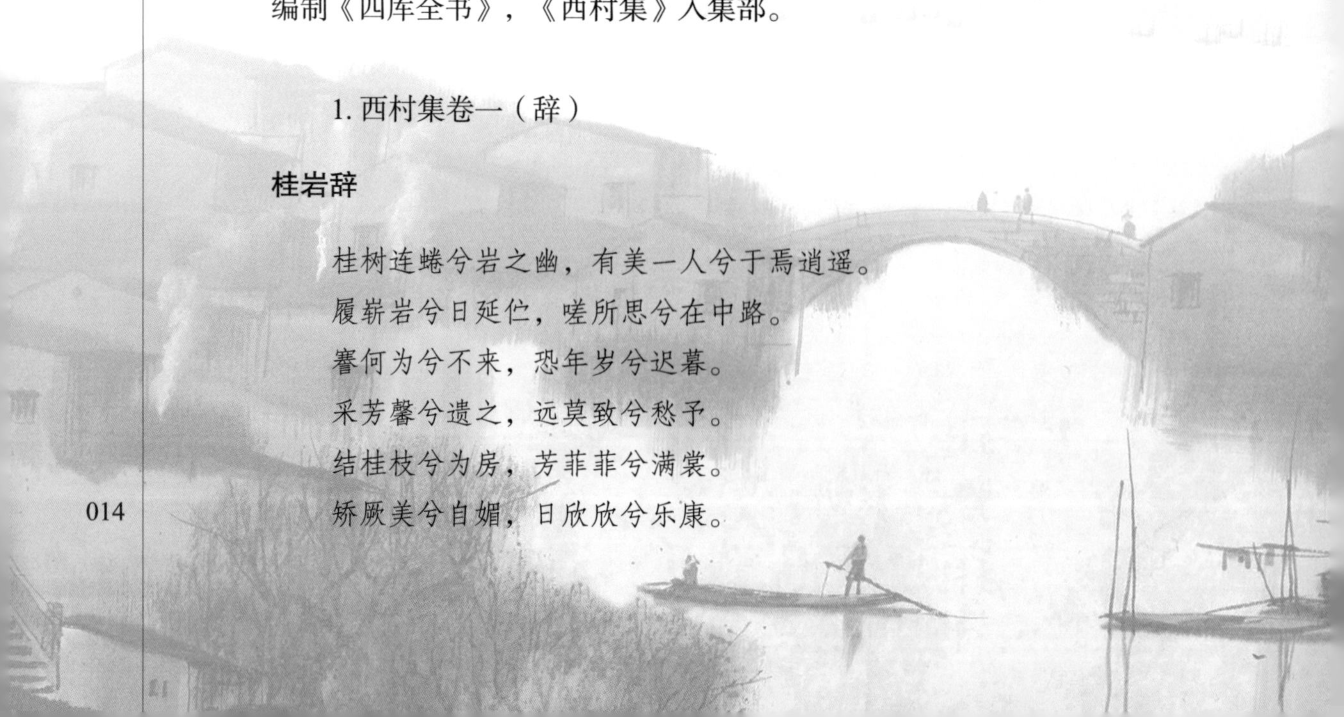

云松辞 寿诰封礼部杨景芳

长松兮苍苍，白云兮英英。上有女萝兮下有苓，驾飞龙兮行四方。蹇夫君兮惟顾怀，日徜徉兮澹忘归。结松枝兮为盖，揽云气兮为衣。云衣飘飘兮，儵轻。举仙之人兮，纷纷而从女。朝苍梧兮夕县圃，君长生兮乐无苦。又重之兮有美子，松宜栋梁兮云宜雨，润干枯兮庇寒暑。

2. 西村集卷一（颂）

慈竹颂 寿王节妇

维坤德厚，竹挺生兮。贯历四时，常青青兮。中虚外直，类秉志兮。色润而贞，不妩媚兮。材为世用，调律吕兮。和乐定时，万事举兮。翠实罗生，凤斯集兮。五色离褷，映朝日兮。恒干亭亭，执峻节兮。愈老而坚，傲霜雪兮。抑之不挠，撼不蹷兮。允矣硕人，可比德兮。挺立不迁，如劲特兮。娟静洁清，其仪不忒兮。秉节好修，遇变靡易兮。其萌夭夭，耿有光兮。为民之则烂文章兮。令名令望，日孔昌兮。千百其世，未可量兮。

3. 西村集卷一（乐府）

褚公庙乐章

[迎神]天苍苍兮，九重神皇皇兮，云中乘飞龙兮，翱翔览宇宙兮，无穷临睨旧乡兮。顾怀载云旗兮，下来飘风屯兮。零雨慰我民兮，夙思民思兮。焉极意恍惚兮，有奕鼓钟将兮。和鸣神既留兮，为民饮食。

[送神]庭燎有辉兮，夜向明云掩冉兮，光晶荧神其醉饱兮，欲旋溘埃风兮，上征驾云车兮。驷玉虬耸长剑兮，挥厹矛斩防魑兮，屠蚩尤廓妖氛兮，无外匪独责兮。此酬。

乌啼曲

慈乌夜夜啼，啼我门前树。今年复明年，生儿不飞去。
返哺鸣相呼，旁人莫惊起。儿大还生雏，乌儿尾毕逋。

敬宗操 并引

敬宗美，凌孝子也。孝子能爱敬其嫡，有加于生，可谓知所重矣。嗟乎！世之人私其所出，而薄其嫡者，比比而是。甚至贵为大夫士，而于赠送之典，有乱其分者，不知蔑其父，而诬其宗庙，自陷于非礼。闻孝子之风，可以愧矣。余故假其词而寓诸音，授操缦者，弦而歌之，庶观民风者，有所择采焉。

少生我兮，儿宁不知。儿奉嫡兮，将尊父为。
父为尊兮，宗庙斯敬。儿于所生兮，岂忍忘之。
呜呼！天高以尊兮，地顺以卑。儿心孔悲兮，知者其谁。

图茔致思 四首并引

林侍御诚，莆田人也。生十八日，丧其父进士公辉七龄，丧其祖兵部郎英。侍御贵，以言忤时相归。日畚土树木，坟成。追复用以诸陇之，不能朝夕斯也。乃绘为图诗之，以泄其哀思云。

宝涧操 兵部初葬谷城山，既迁宝涧之西，题曰宝涧西原

群山巃嵸，孕厥灵兮。维石林林，粲列星兮。水泉交流，树罗生兮。匪无谷城，可以藏兮。不如此之，安且臧兮。公孙独贤，行四方兮。谁捍牧采，无毁伤兮。瞻望弗及，涕泗滂兮。

象山操 进士之墓在象峰，题曰象峰东麓

瞻彼象峰兮，维麓陂陀。考昔早亡兮，托体其阿。儿焚黄兮，亲知不知。儿树未兮，日益以多。呜呼！谓天匪高兮，谓地不那。生不父识兮，悲其奈何。

凤山操 进士之配封孺人，吴氏葬地也，题曰凤山北陇

高哉凤凰山，下有寿母坟。孤儿日种树，岁久皆成林。
林成使坟好，利尔非儿心。一朝受王命，舍之登要津。
慈乌飞来树上栖，哑哑反哺鸣声悲。
尔乌有母伸其私，我独行役未能归，侧身南望涕涟洏。

涂岭操 侍御寿藏，题曰涂岭南窝

涂岭崔嵬，深谷逶迤。营彼中藏，厥土攸宜。
象峰东委，凤山北峙。去父母居，不远伊迩。
瑕邱云乐，蘧瑗请前。子高复事，择不食焉，
君子之与。惟中道处，观于九原，吾其归汝。

冠礼图 为郸人余怀明

大宾初戾止，赞者相其仪。主人迎入门，揖让共升阶。
铺筵在东序，栉纚为施笄。降升授缁布，进客前致辞。
适房服玄端，爵韠亦从加。幼志既云弃，成德斯慎之。
孝友其时格，多福由兹基。努力永勿替，万寿以为期。始加

出房欲何之，南面示容体。大宾降西阶，盥卒升正纚，
皮弁亲执之。
乃申再加礼，尔德苟能慎。威仪斯济济，眉寿万斯年，
受祉兹其始，素积既阳阳。素韠还委委，服之永无斁，
夙夜斯敬止。再加

三加礼弥尊，欲使谕其志。爵弁高峩峩，纯衣美而袠，
纁裳遵古法，韎韐非新制。兄弟咸具来，孝友期无替，
厥德斯有成，礼仪兹既备。甘醴受而祭，孔嘉昭尔字，
黄耇与台背，俾尔耆而艾。天休永保之，克昌惟世世。三加

4. 西村集卷一（歌行）

灵芝歌

灵芝生，粲若英。来百福，世其昌。灵芝生，光且奕。庆斯钟，象乃德。
灵芝生，铜池中。和致祥，寿无疆。灵芝生，气之粹。配庆云，像华盖。
灵芝生，受天祜。祜维何，锡尔祚。灵芝生，何轮囷。子孙兮，宜振振。

丰城篇 喜汝其通秋捷

丰城孕灵异，古剑沦狱中。高牖以为域，厚土以为封。
匪无用世意，守在得其从。光芒不可掩，精气化为虹。
融然静夜中，上贯牛女宫。遂令博物人，候望讯奇踪。
启凿发深锢，拂拭去尘蒙。肃肃白鹇尾，濯濯青芙蓉。
所遇无坚物，蛟螭莫婴锋。时时吼匣中，恍若鸣双龙。
尚方信多珍，神物不世逢。行当献天子，持之授元戎。
时兴薄伐师，一扫胡夷空。塞徼靖无尘，边民业耕农。
坐销冗食众，良由用剑功。

去妇怨

少妇颜如花，嫁来十五六。辛勤养姑嫜，纺绩事衣服。
一朝颜色衰，镜中非旧时。夫婿本轻薄，恩爱变成疑。
大姑犹似可，小姑谗杀我。去我不敢啼，啼时当及祸。
回头告故夫，妾去看妾雏。寄语后来人，善事大小姑。

嫱妾词

妾家住鸳湖，花容映雪肤。深闺不能闭，一朝嫁金夫。
金夫内宠非一人，众中最爱惟妾身。并马章台光照路，同舟兰浦影摇春。
春光可惜不长久，昨日红颜今白首。金夫一夕梦不醒，零落残妆犹在手。
云情雨性难自持，画眉再受他人绥。娇儿幼女弃若遗，望母嗷嗷泣路岐。
泣路岐，母不来。行人见之相为悲，地下金夫知不知。

静女篇 赠张靖之

静女姝且好，采香溪水边。容颜若华月，流光正婵娟。
黄金为步摇，明珠间琅玕。雾縠翳方空，长袖拂翩翩。
美目腾光彩，靥辅宜笑嫣。凌波动微步，旋转何便嬛。
令色天下稀，遂为君所怜。选择升椒除，燕婉侍君前。
鸡鸣戒盈朝，辞辇愿推贤。君心重贤淑，宠幸冠三千。
逍遥赤墀畔，游戏青蒲端。众女嫉蛾眉，善淫生巧言。

遂令绝世姿，摈弃不复延。寂寞闭长门，蹉跎过盛年。
君门深九重，虎豹卫严关。望幸固已绝，求通良独难。
弹琴和悲歌，泪下空汍澜。薄命古来有，君恩故如天。

鹳鸟篇

鹳生雏在祠宇，雄飞为求食，雌鸣相煦妪。
群雏日云长，离离半生羽。客子升屋危，攀巢探雏去。
鹳亡雏，鸣声悲，飞上复飞下，似诉监州知。
监州民父母，仁民当见推。闻声为咨询，知是宕子为。
立命笞宕子，送雏还故栖。
鹳还雏，飞且惊，引领复呼群，旋绕监州庭。
上感监州恩，下全父子情。监州有惠政，外严中则仁。
遇物且能然，临民斯尽心。诛彼暴恶徒，全此蚩蚩氓。
岂独鹳还雏，洋洋多颂声。

仙人篇

仙人何翩翩，来自芙蓉城。苍龙驾羽盖，白鹿夹云軿。
飘摇紫霞裾，旖旎彩霓旌。扬言语世人，吾道可长生。
鼎中养铅汞，火候日抽增。龙虎得交媾，丹成化黄金。
服之生羽翼，轻举升天行。历览周八极，飞行不暂停。
赤松与王乔，揖手来相迎。徘徊云路侧，翱翔朝太清。
上帝休北牖，群仙集南楹。楹间两玉女，云璈褋鸾笙。
饮尔流霞杯，侑尔步虚声。不生亦不灭，倏尔数千龄。
俯首观下世，尘雾杳冥冥。我闻仙人语，太息泪沾缨。
秦皇与汉武，学仙尽无成。辒辌鲍鱼腥，茂陵松栢青。
此时仙人在，胡不救其倾。仙人言虽好，掩耳不能听。

旧巢燕

旧巢燕，尾涎涎。秋去如别离，春来复留恋。
前年主人宾客多，满堂笑语沸笙歌。
百鸟尽入笼中养，犹引虞人日纲罗。

今年主人忽贫贱，客稀鸟飞门户变。
燕兮犹向旧巢归，依旧年年一相见。
一相见，空复悲，此生相守期不移。
不学百鸟被人笼养在华屋，华屋自来多反覆。
一朝食尽别家行，往来徒为人所轻。
旧巢燕，葺尔巢，育尔雏，尔雏大来为我徒。
翟公门下旧游客，不及尔心终不渝。

狐绥绥 并引

中使与妖人，相为表里。毒流海内，言之可为。于邑司马三原王公，奋不顾身，抗疏上陈。有犯无隐，卒能感悟君心。诛戮凶党，以谢天下。斯正孟轲氏所谓一正君而国定者也。因托物引喻，以颂丰功盛德之万一云。

狐绥绥，鬼为侣，夜啸丛祠作神语。戏舞跳梁从社坊，
云凝月黑天冥冥。尾摇阴火光如炬，兴妖作孽天不知。
指顾防防雷风随，社公土伯望尘拜。白望横行九州界，
万民皇皇讹且惊，市肆昼闭空其城。群巫四出假神命。
搜括逮捕何纵横。巫言神君去天咫。民命由来主张是。
神今下界来求珍，敢有不共随殛死。明月珠，夜光璧，
玛瑙之盘大逾尺。婆律旃檀苏合香，珊瑚琅玕亚姑石，
此物何由在山泽。巫传神言许输直，厚估高评动千万，
破产倾家责难塞。黄龙大舶行迷津，柜帛囊金无纪极。
江南真宰哀民穷，封章上奏天皇宫。天教六丁摄狐妖，
贯以大索囚铁笼。断狐头，斮狐趾，磔妖之皮肆诸市。
妖巫殄灭厉鬼亡，四海清宁万邦喜。真宰之功一言耳，
回格天心正人纪。

山中采菖蒲 寿安晚老仙

山中采菖蒲，泽中采雕胡。雕胡持作饭，菖蒲持作菹。问君将何为，言就仙人居［一解］。

仙人居安在，震泽东南隅。门前有长路，青松间白榆。舍后有清池，莲叶巢神龟［二解］。

高楼临水起，缥缈邻太虚。木兰为轩槛，桂树为门枢。黄金为宝盖，

八角垂流苏[三解]。

仙人山泽癯，为乐自愉愉。长身且高颧，红颜白髭须。潜光饮夕气，眺景含朝霞[四解]。

有子两三人，才名皆丈夫。朝莫问平安，济济庭中趋。

诸孙八九人，温温玉不如。出门远行游，所业在诗书。经年一来归，银鞍照骊驹[五解]。

寿星何煌煌，照我仙人居。贺客来满途，仙人旧悬弧。请客坐堂上，布地红氍毹[六解]。

促令办中会，品物事事殊。山珍间海错，肥羊和笋蒲。玉壶湛清酒，金盘鲙鲤鱼[七解]。

名娼出邯郸，窈窕世绝无。头上翠琅玕，耳悬明月珠。

紫绮为下裙，红罗为上襦。上堂拊琴瑟，下堂吹笙竽。清歌按妙舞，行云随卷舒[八解]。

坐中黄眉翁，向前持一杯。三千一洗髓，九千一伐毛。

请看目瞳子，清光果有不。金石未为固，乔松真吾徒。昆仑阆风上，与尔长嬉游[九解]。

广州督

广州督，行勿迟。苗獠正猖獗，攻城及湮池。
广民授甲日登陴，将军呼酒赏花枝。
广民析骸还易子，将军停舟看山水。
广州督，勿迟迟。戕民命，尸者谁。

北风歌 送徐时晦

北风凄厉兮，凛盛寒之中人。岁忽忽其欲暮兮，鸟寂寂而无声。
繄美人之不留兮，将问津而徂征。伤予心之忧忧兮，滑予魂之营营。
望前旌而太息兮，曾不能从之以行。惟德音之孔昭兮，恒佩服于予身。
苟中心之靡他兮，虽在远而日亲。

烈风七章 悯吴孝子廷用

烈风无停柯，凝霜变青草。年命苦相催，寿者何其少。

惜哉延陵孙，无奈徂谢蚤。孤儿未能行，寡妻年尚小。
含凄教诗书，洒泪相携抱。矢志期自持，有如白日皦。

白日出东北，暮向西南流。谁知贞烈名，亦应官掖求。
郡县苦见迫，强命登行舟。恸哭与儿诀，相见永无由。
生当长戚戚，死当长悠悠。

悠悠复戚戚，哀怨无终极。有诏属藩王，随例之封国。
寂寞掩长门，彷徨思故域。邱垅不复知，孤儿长在忆。
梦中或见之，觉后那可得。相离三千里，安能来母侧。

母侧儿不来，儿悲无已时。升高望母居，路远莫见之。
浮云暗邦国，远树含悲飔。白日忽西昃，景在桑榆期。
顾瞻起长叹，吞声泪涟洏。

涟洏竟何益，誓将求四方。崎岖指东广，迢递转西江。
行行异川陆，冉冉变温凉。层峦翳云日，巨浸腾蛟龙。
畏途良险艰，十步九徬徨。谁谓君门远，万里终能通。
陈情叩阍陛，昧死干贤王。

贤王任孝理，下令许迎归。谁知病已革，不绝仅如丝。
吁天代以身，刲股持作糜。张目忽能视，言动如有知。
濒死得一见，惊号更相持。哀声彻天地，旁人亦酸悲。

酸悲复呜咽，哀哉终陨绝。本图得生还，岂料是死别。
衔哀理归柩，水舟仍陆辙。江湖多风涛，溪谷深雨雪。
间关几千里，终焉祔先穴。山高亦有崩，水深亦有竭。
孰知哀慕心，终天不可歇。

桃庄行

桃庄西头多古墓，下有死人常不寤。墓前松栢尽为薪，墓下牛羊时满路。牛羊下上牧竖歌，古碑无字空岿岿。
棺中白骨萦烂草，殉瑶知入豪门多。豪门豪门心未已，
犹课僮奴日侵毁。辇石取泥无厌时，古墓为田新墓起，
劝君为墓当益固，愿君莫学桃庄墓。

画马歌

房星之精化为马，肉鬃连钱满天下。世俗宁知骥与驽，善相方皋一何寡。
君看画马自有真，能通相法方入神。骊黄牝牡不足辨，天机内解斯其人。
腾骧饮龁逐水草，笔端幻出龙驹岛。雄姿矫矫长风生，逸气棱棱飞电扫。
老眼摩挲忽惊起，便欲驱之涉长道。
君不见曹韩已往不复生。吴兴死后无丹青。
天闲龙媒十万匹，谁能起之图尔形。

秦淮歌 送陈文振

停君金叵罗，听我秦淮歌。长江西来几千里，沿回直入台城。
浮青荡绿南北流，至今犹号秦淮水。秦淮之水能容舟，秦淮之上花满楼。
美人卷帘垂玉钩，太白仙人清夜游。
酒酣乘月往石头，棹歌渡淮水，倒披紫绮裘。英风撼五岳，豪气溢九州。
迩来四千四百九十五甲子，无人继此移山倒海之风流。
水光依然月如故，断云零落令人愁。岂无清歌与美酒，与子碌碌诚堪羞。
我歌秦淮歌，送君秦淮去。城西酒楼在何处，主人今非旧孙楚。
且须痛饮歌达曙，达曙歌，醉方寝，笑压吴姬股为枕，满身糢糊覆官锦。
明年我亦泛秦淮，手解金龟就君饮。

溆浦杨将军歌

杨将军，才且武，作镇边城勇貔虎。
海波汪汪南风生，日夜登陴按楼橹。
扬兵耀武天欲倾，惊雷破山震鼙鼓。
震鼙鼓，悬旆旌，纪律肃，步伍精。
止如山峙，来如风行。战无前阵，攻无坚城。
倭夷远窜海道平，坐令四野无交兵。

黎民久安堵，不见寇盗惊。
杨将军，好士无与伦。
胡公老去萧生死，康生罗之为幕宾。倚马作露布，挥戈净风尘。
谓予好奇节，论交握手意气亲。
平生慕鲁连轻世，肆志不羞贱与贫。
射书直欲谕燕将，蹈海不肯为秦臣。
方今三边用师旅，我将持书告当宁，佐君徂征固吾圉。
功成不受茅土封，笑指云山是归处。

观潮歌

鸡声喔喔天未明，大家尽说观潮行。骑舆徒步相防遝，
袨服靓装街市盈。江头日高潮未生，秋风猎猎笳鼓鸣。
美人狎坐临前楹，娇歌婉转调鸣筝。须臾欢呼笑相指，
一线遥从海门起。潮头崛起高于城，万雷齐轰骇人耳。
排山倒海天欲倾，回波激射奇态生。两阵合战兵力勍，
戈甲晃晃秋空明。群儿弄水夸巧捷，擘旋蹙踏如浮萍。
人言潮来信有时，我言潮来不可期。
君不见，胡兵营沙人有待，潮乎此时信何在。
徒劳日后来不休，万古莫洗钱唐羞。

纪游歌 别崔望宗、丁公耀

忆昔辞家同作客，千里遥遥事行役。姑苏台下榜人歌，
万顷湖光浸空碧。慧山隐隐云欲连，山灵谢客心茫然。
吁嗟鸿渐不可作，扣舷空赋招魂篇。延陵祠前春草绿，
再拜陈词献醽醁。九原焉得使重生，为振高风转衰俗。
犇牛闸下多飞涛，打鼓发船奚惮劳。楼台晚映丹阳郭，
卧闻笑语声嗷嘈。南徐山水钟奇秀，压酒吴姬远招袖。
鹤林寺里杜鹃花，不见妖红更如旧。酒酣走上江边楼，
楼名多景还多愁。古来豪杰竟何在，但见江海朝东流。
大江茫茫与天接，三老开头敢矜捷。长风浩浩自天来，
吹落寰瀛秋一叶。金山屹立江之中，水天浮出青芙蓉。

绝顶浮图绚金碧，两岸往往闻晨钟。中泠之泉冠今古，
旋汲还归凤团煮。碧云零乱白花浮，倾入诗肠浣尘土。
维扬自古称繁华，陵迁谷变重咨嗟。高骈楼废今生草，
炀帝池荒但聚蛙。看花偶入蕃厘观，物态人情几移换。
当年仙种已无存，尚有穹碑可寻按。二十四桥春水平，
红亭圮毁赤阑倾。凤箫无声玉人去，惟见夜月依然明。
海陵萧索人家少，城郭依稀望中小。五更茅店鸡一声，
露冷烟浓远山晓。崇川乃在海东涯，参差雉堞鸣悲笳。
海山楼高切霄汉，故乡南望浮云遮。海上潮声信朝夕，
四海无人事禾麦。远浦风多海味腥，沙场雨少盐花白。
狼山巍巍高插天，五峰螺鬟凝紫烟。东风多情野芳发，
胭脂满地游人眠。半山亭外春如酒，爱听啼莺坐来久。
行行更上青嵯峨，白石无尘不须帚。马鞍之峰形与同，
龟田幻出波涛中。沟塍秩秩宛如甲，乃知造化非人工。
西上坭山几千丈，铁杖还敲洞门响。东看鞭迹剑山头，
俯仰令人动遐想。海门水与天河通，乾坤上下涵空蒙。
楼船采药去不返，蓬莱应在虚无中。斯游随处得奇遇，
记游可惜无佳句。林间子规催我回，解维更泛南来路。
南来喜到莺湖西，湖亭小饮离思迷。越女含娇唱杨柳，
罗巾泪湿蛾眉低。沙头酒干玉壶侧，黄鹂其奈临风啼。

金台行 *送吴进士汝砺之京*

送君松陵道，远上黄金台。
黄金之台在幽蓟，燕山易水相潆洄。燕昭栖栖本弱国，郭隗琐琐非雄才。
时移运改真主出，廓增基构崇高哉。下瞰中原抚五岳，上摩北斗罗三台。
维皇建极明堂大开，县爵待士四方风来。
羡君前年取高第，名挂天曹粲星丽。归宁不见倚门人，
泪尽呼天血斯继。三年读礼心茕茕，祥禫相循防服更。
素琴鼓罢笙歌成，仰望青天东北征。洞庭袅袅凉风生。
秋水芙蓉满陂泽，日色照耀千花明。大艑小艖相逐行，
双橹夹舷鹈鹕鸣。持觞挹酒劝君饮，去留各含无限情。

无限情，长悠悠，人生岂为离别愁。丈夫得意有如此，
仗剑出门何所求。贾生痛哭更流涕，忧在国事非身谋。
君今此行给史可立致，遇事尽言斯职修，毋令吾徒，戚戚长抱江湖忧。

贞女行　送汝其通

贞女昔未字，脉脉处深闺。容颜美如玉，中门未尝窥。
轧轧机杼声，朝斯复夕斯。所志在女红，辛苦安得辞。
媒氏岂不营，所适非其宜。众口徒嚣嚣，矢心终不移。
冉冉岁云暮，芳馨愈菲菲。君子慕高谊，寤寐以求之。
币交既成礼，桃夭良及时。诸娣如云从，百两送于归。
川泽靡韩土，孔乐乃王畿。令居且燕誉，永久以为期。

杀虎行

城西之山旧无虎，草浅林疏少依阻。白日咆嗥忽见之，
横行食人难指数。官兵捕虎争负戈，上下陵谷交张罗。
一虎跳梁悉惊溃，何况众口腾其多。怒视耽耽犹负嵎，
山民撄之摏以殳。黄斑纷披血膏野，相与屠戮残其躯。
呜呼养兵资御侮，见虎何为怯无武。龙沙茫茫天四垂，
走马胡儿猛于虎。君不见，肉食轩乘将门子，遇敌几人能致死。

凤求凰　送张教谕子还乡娶亲

孤凤何翩翩，四海求其凰。谁知无所遇，翱翔归故乡。
故乡南海上，梧桐产高岗。醴泉出其下，竹实生其旁。
凤飞且栖息，五色成文章。相从效于飞，和鸣为朝阳。
音声何哕哕，恍若调宫商。岂惟偕老愿，瑞世昭文明。

鸂鶒吟　送余大尹

鸂鶒何双双，飞来水中央。使君入台去，官为绣衣郎。
黄金为马鞍，青丝为马缰。驰驱道路上，到处生辉光。
鸂鶒何双双，飞来水中渚。倾城送使君，使君入台去。
旁人尽相羡，吾侬泣无语。使君挽不留，乌啼天欲曙。

鸂鶒何双双，飞来水中洲。使君入台去，翩翩天上游。
凤凰览德辉，一鸣三千秋。下以成文章，上以昭皇休。

双凤吟 送吴汝砺、汝器兄弟秋闱

翩翩双彩凤，和鸣复齐飞。齐飞何所止，西北有高台。
高台高无极，上与青云齐。竹实为凤食，梧桐为凤栖。
映日弄光景，翥风扬羽仪。音声调律吕，文彩耀陆离。
幸逢命旺日，佐以云和师。笙磬既同音，箫韶亦间吹。
闻声自相感，应节舞徘徊。上昭帝王瑞，下彰畿甸辉。
信蒙主司爱，遂命虞人罗。持为大廷贡，张乐迎来兹。
闻有凤凰阁，复有凤凰池。翔游永朝夕，人间徒尔思。

行台燕别歌

行台老栢枝相纠，群鸟暮集声啾啾。台端吏使晚衙毕，
相送使君天上游。初筵济济月未出，满堂笙镛间琴瑟。
流光迸彩天际来，上下通明若朝日。金盘玉案相叠高，
黄쉼白肪凝乳膏。众中持杯捷先得，哄堂大笑声謍嘈。
兴来投壶明月下，有行其觞庆多马。宵寒不入玄狐裘，
微霜凄凄在鸳瓦。分曹探韵题新诗，波涛入笔争雄奇。
扶摇击水海神泣，大鹏怒翼云天垂。酒酣乐极成悲歌，
歌声感人哀怨多。今夕共樽酒，明朝各山河。
一去与一留，倏忽如飞梭。行劳居逸宁不顾，我言此理良无他。
使无行者职乃阙，使无居者民如何。民如何，仰公辈。
庙堂与江湖，到处咸有待。从今燮理及旬宣，总是台中旧寮采。

5. 西村集卷二（五言古）

芙蓉

皎皎芙蓉花，盈盈出秋水。美人荡舟来，容颜宛相似。
采之欲为衣，离居有君子。路远莫致之，引领徒为尔。
但恐秋风生，零落从此始。

夜宿吴原博修竹书馆，时与玉汝别

岁暮入城郭，揽衣独裴徊。晚过修竹园，主人故所知。
所知谊不薄，执手言相思。复有青云士，远行从此辞。
相延入中林，呼童启双扉。北风何烈烈，万籁鸣参差。
向夕烛继之，壶觞相为持。初月出云间，残雪拥寒阶。
独鹤失其雌，中夜鸣声悲。会面不可常，况逢生别离。
共言尽今夕，鸡鸣各东西。出处自有时，人生安得偕。
顾惭鹑与鷃，不随黄鹄飞。各各重自爱，冀以奉前规。

怀古贻朱尧民

晋氏昔奔溃，中原乱如沸。区区广陵相，亦欲盗江介。
不有顾元公，祸乱斯其始。既成挥扇功，终定继牛位。
盛德百世祀，胡为忽云废。古墓逼耕犂，荒祠杂妖厉。
过者岂无人，谁能一留睇。遥遥千载间，哀哉日陵替。
陵替信有由，好古无其人。请看王侯墓，十树九无存。
谢公避地士，栖栖不遑宁。时无戡乱才，干戈日相寻。
九原今不作，尽然伤我心。上书告县令，祭扫除淫昏。
碣石永其传，栽梧表其名。同时文章家，颂咏费敷陈。
废兴如循环，旋复委荆榛。荆榛易永久，百岁等须臾。
守令检文法，长年惟簿书。一为高世谈，举俗笑其迂。
累累道路边，谁复赍斯墟。朱君志好古，睹此兴长吁。
辑录匪求名，庶几能者须。遗祠幸见复，废墓未应芜。
虽非令式载，允为名教图。君其加勉旃，慎毋忘厥初。

读杨君谦古乐府

去古日已远，雅乐久沉沦。桑间与濮上，靡靡多哀淫。
杨君媚学子，高志故不群。一闻世俗音，谓非吾所湛。
冥心太古初，识乐得其真。律吕既调协，五音和且平。
咸英与韶頀，旷世今再闻。岂惟以自娱，拟将献吾君。
奏之郊庙上，庶以和神人。

谟无猷邀饮于南虚室，读壁间冯明府诗有感

独客困泥雨，闭门愁索居。天晴气微和，欲出嗟无舆。
邻僧念孤寂，招邀过精庐。绪风泛林条，溜水鸣阶渠。
良友四五人，壶觞聊尔娱。陶情匪丝竹，冥心游古初。
为乐苦不常，奈此年岁徂。一适非偶然，且复少踌躇。
兴怀旧游者，由来心迹俱。风波一分散，判然区域殊。
精神莫与通，梦寐时交胥。愿言此浮云，随风往微躯。

韬光庵

韬光古精舍，远迹西山岑。冈岫屡回复，云岚杳深沉。
流泉激修竹，绿萝被青林。密叶翳朝阳，芳柯承夕阴。
杖策遵微径，逝将支遁寻。行行未易即，遥闻钟磬音。
徙倚绝尘想，冥思谐道心。搴芳咏招隐，松风和悲吟。

临清轩为吴士延赋

达人尚幽胜，葺宇临清流。清流宜濯缨，深渚可容舟。
周流元不息，昼夜恒滔滔。微风荡生澜，木叶下惊秋。
流响归空房，浮光映高楼。芙蓉缘极浦，杜若被芳洲。
于焉事栖息，驾言聊出游。榜舟张水嬉，拥楫和长谣。
犀然穷怪物，莲折倾龟巢。鸣更出灵鼍，媵予跃文鱼。
境胜良自惬，虑淡信无求。惟应素心人，来此共逍遥。

赠沈启南

椅梧生南岳，枝叶交相加。孤生不自异，众木何其多。
凤凰翔中天，时来息其柯。中郎久不作，奈此良材何。
谁能为琴瑟，奏曲谐云和。遂令清庙器，寂寞捐山阿。

赠汝其通

江南有淑女，婉娈美清扬。芳馨振微风，容华耀朝阳。
被服鲜且丽，不殊古姬姜。蹇修来何迟，幽独处兰房。

匪无室家愿，夙以礼自防。一朝君子求，玉帛以时将。
御车迎百两，道路宛生光。和鸣合琴瑟，宴衎吹笙簧。
顾兹待年者，后处亮无忘。

寄许克大

春风布寥廓，万卉咸华滋。灼灼满中园，娩绿还抽绯。
芙蓉抱幽独，兀兀空江湄。谁云发生晚，无乃未逢时。
一朝秋节至，盈盈花满枝。回看艳阳质，孰与孤高姿。
时来即成就，晚达奚足悲。

丙午初度题像 时年五十三

自我得尔来，忽忽已三载。忧乐不相关，贫病安能浼。
兹晨遇初度，举酒一相洒。我貌日就衰，尔颜常不改。
过此复几时，应知愈不逮。观者问为谁，曰我咸疑绐。
惟余旧亲识，追想为尔拜。茫茫天地间，岁月不相待。
终当委运去，谁亡复谁在。谓是无所知，言非亦何解。
一笑两茫然，浮萍渺沧海。

送梅刑部彦常

临江理舟檝，驾言辞故乡。故乡非不安，忧君未能忘。
握手一长叹，出门何慨慷。所遇无险夷，行行尽周行。
老骥志千里，游子怀四方。岂如辕下驹，局促徒悲鸣。
圣朝虽致治，庶事未尽康。江南多苦雨，江北多愆阳。
遗民日啼饥，已空糟与糠。救荒岂无政，何能补流亡。
秋高胡马肥，征师守边疆。行者犯锋镝，居者共糇粮。
遣使出监护，冠盖恒相望。未闻奏捷功，声势徒张皇。
君昔在郎署，明刑凛秋霜。仁声久洋溢，远追于与张。
兹行定高擢，指日登岩廊。愿弘济时具，拯斯昏垫民。
莫以合烛故，爱此东壁光。丈夫得行道，离别何足伤。

过梅花道人墓

问津武塘下，揽衣独吟行。徘徊古道旁，累然见孤茔。
荆榛窜狐兔，牧竖时来登。橡树半无枝，曲池犹未平。
哀哉梅花庵，一仆不复兴。空遗水墨踪，允为后世程。
高风董巨间，不得名丹青。古碑亡文章，但铭卒与生。
生前徇名教，岂乐浮屠名。将非有深识，季世多兵争。
愚人信因果，庶几保其形。同时富豪家，厚葬侔山陵。
毁盗殆无余，遗骸纵复横。珠柙去已久，蔓草来相萦。
何如一抔下，晏然无震惊。取重亮在人，信非山水灵。
采芳荐清醑，日落风悲鸣。遥遥望遐躅，感叹有余情。

注：梅花道人为元代嘉善人吴仲圭。

游宝石山有怀 旧游刘廷美、沈启南、继南，兼柬徐时用、仲彦辉、诸立夫

山灵谢逋客，阴云故弥漫。淫雨日潺潺，朝来稍停倦。
出门望西湖，如见故人面。眷兹宝石峰，楼台忆曾馆。
老僧拥破衲，松下一笑粲。兴怀旧游者，零落已将半。
凄然不成欢，临风发长叹。主人远追随，况乃集文彦。
共言春将归，与子同饮饯。徙倚被层阑，逍遥寄华燕。
畅心风振衣，属耳泉鸣涧。无端雾雨霏，须臾益零乱。
初疑水气浮，复讶山林暗。佳景能娱人，过眼无留盼，
一适乃云可，得丧非所患。嗟彼牛山游，胡为泪如霰。

南山道中 约刘邦彦、诸立夫虎跑相会

我行南山中，忽忽日将午。连冈兀如城，盘回抱林坞。
岚气郁以深，原田何朊朊。长松挺人立，怪石惊兽怒。
道旁何青青，幽兰间芳杜。古洞閟烟霞，流泉泻风雨。
缅怀如玉人，先期在幽阻。停车望白云，光仪渺何许。

送节推华公谪官

张饮春江湄，送此倦游客。冠盖何营营，临行纷赠策。

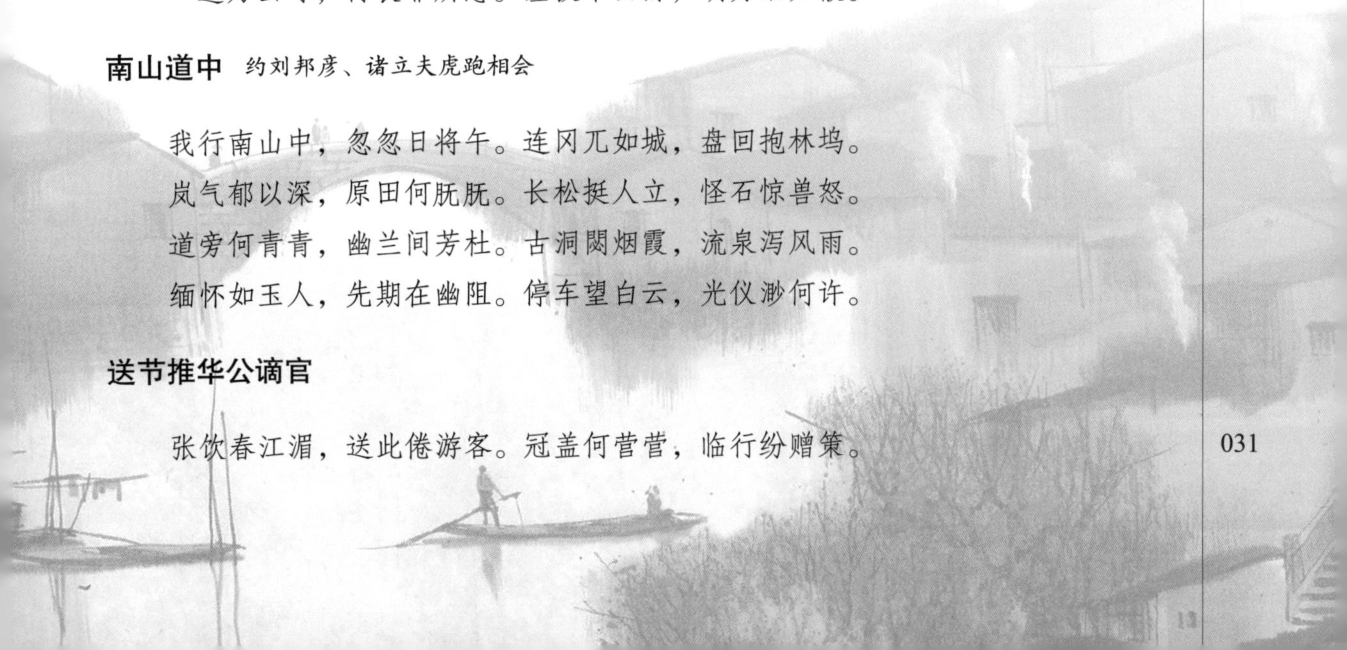

吴人感恩深，攀路随充斥。行藏固由命，但为公论惜。
楩楠弃中野，兰荪槁深泽。良时难再遇，杳然山海隔。
黄鸟嘤其鸣，青骊逝安适。浮云忽归山，霖雨不成滴。
湛湛长江水，粲粲水中石。风波汨其泥，所遇非故迹。
惟其有本性，居然自清白。勿以穷自卑，徽音慰离析。

顷以多故，绝不作诗 春暮霖潦为灾，谷未入土，恐有过时之忧，聊命纸笔，以谂同志云

生生本阳德，万物咸华滋。穷阴忽为咎，积雨无晴时。
颠风泛洪涛，荡决渰畲菑。沟壑有遗民，憔悴半流离。
空林少烟火，晨膳夕无炊。县官急租税，督责烦鞭笞。
但知赴期会，谁能恤寒饥。日月更相送，春事奄无遗。
过时而不耕，秋成安可期。虽有劝农令，文具亦何为。
传闻盗贼起，民穷多致斯。咄嗟有深忧，岂惟漆室葵。

贺其荣病，京师吴原博舁归第中而卒，为之殓殡。其荣父作感义诗谢之。要予同赋

翩翩宦游子，抱疾居京师。俗习有由来，病者栖檐垂。
一命亮莫延，孱哉斯两儿时携子任同往。夫君数往视，念彼形神离。
舁归以待尽，后事经营之。封书告其家，殓服饰其尸。
涂殡就客位，受吊居东阶。且为录行橐，以俟归葬期。
死者如反生，不愧临诀辞。朋友居五伦，几人能弗亏。
势利相驱合，祸衰随背驰。况乎死生际，避远固其宜。
有能闻斯举，其颡泚乎而。题诗颂高谊，且以箴吾侪。，

钟希哲者台州人也，妙于传神。成化二十年春，沈君启南偕余访之，欣然命笔，咸云甚似。因赋诗记之，是岁四月十二日余初度也书于豫章堂

人生无百年，五十又过一。去者日以多，来者日以偪。

情欲与寒暑，昼夜相剽贼。徒行已须杖，短发不任栉。
顾兹孱弱躯，那为久存物。一朝随化尽，形容不复识。
钟生妙传写，为我聊把笔。傅染借丹青，经营自胸臆。
精神与形似，毫发无所失。端如镜中影，恍若水底石。
大均斯赋形，其理固莫测。孰知毫采功，妙夺造化力。
我闻先正言，自治不外饰。求真既为妄，望久宁非惑。
君看古人像，存者百无十。惟能慎厥修，庶几为永则。

游飞来峰

久图山泽游，苦为风雨款。惊雷破重阴，及晨光已显。
逶迤入幽深，厉揭度清浅。灵山传飞来，合涧互回转。
萝垂手可扪，松高盖惟偃。阳厓丹霞凝，阴洞苍雪满。
秀色如可揽，绝巘竟谁栈。众窍因风号，群芳迟春衍。
追念平生欢，历历犹在眼。匪无新相知，已少旧游伴。
老僧久见招，相携集闲馆。解衣任盘礴，览物适萧散。
形忘虑则消，情至心莫展。寄言同怀人，对酒歌勿缓。

夜宿虎跑兰若

我昔游虎跑，旋归一何蚤。奄忽逾十年，寻常挂怀抱。
题诗寄尊宿，平生缘未了予前岁曾寄诗僧敬祖，规有翠涛轩上重游约。此是平生未了缘之句。
兹游非偶然，历境极深窈。山灵喜客至，随方故呈巧。
钟梵鸣云间，楼台出林杪。涓涓石中泉，天遗润枯槁。
瀹茗味更佳，烦劳顿如扫。载咏坡仙诗，翛然出尘表。
夕阳下高树，暝色栖芳草。携被卧重岩，山空寂以悄。
神清不能寐，转辗达昏晓。晨光忽熹临，啁哳闻啼鸟。
揽衣出烟萝，从人问周道。

落景村 为沈启南赋

羲和驾騄骥，杳杳经天衢。向夕迫崦嵫，弭节少踌躇。
余光烂未收，冉冉下桑榆。归云栖远岫，暝烟生废墟。

野雉雊中林，牛羊下城隅。回风忽复来，灌木吹笙竽。
野老耦耕倦，盥濯归茅庐。曳杖数鸡豚，引水灌畦蔬。
达人尚真意，写图聊自娱。天机宛流动，匪为形似拘。

一木 为李思式赋

木以弃而寿，人以晦自全。君看栎与樗，蔽牛非偶然。
乃知为世用，孰若全天年。览物有深感，悠悠复何言。

题刘大参所藏兰图 名钦谟，图上逐段摘书离骚句

秋兰何青青，罗生湘水旁。芳馨随风发，菲菲久弥章。
嗟哉好修士，采撷纫为纕。人多贵萧艾，谓斯为不芳。
草木犹未得，珵美奚能当。若人写毫素，鉴之宜不忘。
灵修苟见察，萎绝亦何伤。毋为翫形似，无实徒空长。
浩歌离骚经，余襟涕浪浪。

余自病目，闲居寡欢。丁未岁初度，试展余真命酒相对，嗟岁月之不悼面目之非旧，因戏为问答，以自释焉

形体本天赋，全生无少缺。去冬婴祸罹，一眚肆微孽。
药石岂不良，终焉左其眛。譬彼阳光微，有星俄尔孛。
子虽我寓形，自来相附结。如何视得丧，曾不致悲说。
将非坐斯累，乃与子乖别。恝然如无情，默尔斯结舌。
子应徇世情，盛衰因改节。有情与无情，毕意同归灭。
慷慨奏清谣，轻云蔽明月。问真
我生非孕育，因君试经营。形神日相向，如影长随身。
君惟昧调燮，气淫斯疾臻。胡为不自省，乃独尤我云。
我不与君厚，举世谁复亲。改节或他人，匪为我与君。
我虽具形似，生而无性情。休戚殊不知，是非安得言。
病目固为患，未足伤君生。励志苟不衰，存贤没称神。
废视传春秋，圣门名素臣。视日能不瞬，亡宋实斯人。
乃知善与恶，岂由盲不盲。君其务自勖，我亦同令名。真答

送刘德美之京

风吹大河水，昼夜无停流。嗟君万里行，且复须臾留。
王命自有程，安能顾朋俦。执手两茫茫，日暮登行舟。
皇家重贤才，一艺咸见收。况兹卫生功，妙与元化侔。
譬彼照乘珠，所往无不售。愿言进明德，流光被中州。

神乐观送沈启南

暮春和气畅，冠绅集城隅。振策闯奇踪，流目盼灵区。
圜邱郁中天，皇矣神明居。飞宇入浮云，光景晔朝霞。
交龙丽瑶砌，挚兽缘金铺。川梁驾流虹，灵泉激深渠。
嘉树夹道生，芳柯缀丹敷。奏风何泠然，钧天张清都。
娱戏易永日，列筵湛清酤。宣和赖声乐，间以啸且歌。
彼美邱园客，逝将赋归欤。羁萦怨迟暮，临风发长吁。

十八日登含虚阁

圆景光渐阙，海溢秋生潮。禅林敞高阁，势欲凌云霄。
老僧敬远客，良夜相招要。焚香足清供，举酒聊逍遥。
河汉西南流，微风忽刁调。夜气悄且清，川原何寂寥。
悠然动遐想，凭阑发长谣。商声出金石，余音一何嘹。
愿随瑶台鹤，高举乘飘飖。

游金粟寺 寺在澉浦西北

我行为寻山，言至东海隅。连峰尽成童，黄茆弥所如。
于焉载瞻瞩，盎然风气殊。杖策试探讨，聿来金粟居。
山形既环合，土壤还膏腴。涧水弦鸣琴，松风簧乱竽。
苍龙与青凤，联翩戏庭除。好鸟鸣高枝，嘤嘤如有须。
老僧闻足音，延客入精庐。名香手自焚，茗供与之俱。
言论即契合，不异相煦濡。向夕犹未归，欲别更踟蹰。
兹游幸一适，如此良非虚。浩歌下山去，人生电影如。

赠支硎山人

幽人恋坟墓，构此山泽居。层峦代屏障，积石当阶除。
飞泉漱琼瑶，灵籁鸣笙竽。清音度回风，颓响栖芳株。
入耳尽成曲，喈喈良不殊。临轩睇冥鸿，坐石见游鱼。
飞潜各有适，悠然忘所如。缅怀放鹤人，不得同交娱。
商歌满天地，如与金石俱。富贵非吾欲，逍遥真有余。

送周元基之京

孟冬寒气肃，鸿雁飞南翔。嗟我同心人，翩翩翻北行。
朔风卷征旆，辕马忽悲鸣。仆夫在门前，亲宾张道旁。
心知生别离，取醉暂相忘。君昔负奇志，少年怀四方。
迫促未得施，所业但文章。兹行骋良图，骐骥超康庄。
行道在济时，岂惟名誉扬。野人幸东壁，冀愿承余光。

谢吴锋峰法酒糟鱼

秋水满陂泽，高榆荫村墟。闭户动经旬，未能忘索居。
足音何跫然，忽枉故人书。款曲念睽违，况有庭实俱。
法酝出上尊，海鱼离糟邱。香味良蓤然，敻与常调殊。
怀惠欲报之，顾无琼与琚。惟于引觞际，颇觉愁思祛。
分甘饷吾儿，俾知君意劬。努力苟能佩，免为人所尤。

经玉遮山

夜宿光福里，晨行玉遮山。玉遮何深秀，冈岫相回环。
古来贤达人，累累冢其间。碑文半磨灭，松柏多摧攀。
子孙不复来，存亡非所关。感此成独立，临风涕潺湲。

登凤冈

眷兹邓尉山，尽日穷吟行。晚登凤冈顶，四顾何苍苍。
群山如列城，峰岭互低昂。杳杳西日下，澄湖浮练光。
野鸟相和鸣，凉风吹我裳。梵宇襍民居，楼阁郁相望。

闻有赏心人，畴昔此徜徉。况当梅花时，玉雪被连冈。
题诗动幽兴，写画在游踪。去后订重来，中为事所更。
乃知百年内，为乐安能常。兴怀发孤咏，浮云共悠扬。

听鹤

明月出沧海，流光照中庭。翩翩青田姿，深夜时长鸣。
一声闻于天，露白凉风生。铿锵激金奏，悠扬协鸾笙。
达人厌丝竹，隐几冥心听。高低尽成律，入耳通心灵。
沉吟不知味，恍若闻韶音。但恐众仙至，驱之游太清。

送郭训导

仲秋百卉腓，旅雁思南翮。凉风吹客衣，嗟君事行役。
三调不徙官，依然在儒籍。皇朝重文教，此任故精择。
诸生得造就，疑义资剖析。入室与升堂，煌煌尽圭璧。
冷热固人情，于君自无斁。浩歌菁莪篇，芳尘满瑶席。

送鲁举人廷瞻廷对

秋风动地起，原野忽萧条。之子远行游，心旌自摇摇。
中夜视明星，鸣鸡正嘐嘐。晨兴戒徒御，四牡一何骄。
倾城此送别，张席俯西郊。杳杳即长路，依依谢故交。
故交从此别，执手未能发。向夕起重云，白日光明灭。
维兹大廷对，尽言斯效节。效节自吾分，过此非所缺。
不闻刘去华，没世名愈烈。努力景前修，徽音慰薄劣。

访沈启南中道相遇既示斐章且形绘事赋答

病起言出游，行行入吴苑。怀我同心人，去此苦不远。
安能待折麻，始为情可展。榜舟泝川流，疾进犹言缓。
天寒鸿雁哀，水落湾碕浅。顾望念何深，独行畏日晚。
日晚将何之，风悲雨凄凄。君子枉前途，引领见容仪。
精神亮相契，遇此如有期。何必造门屏，然后尽中怀。
君行当入城，余亦从此归。方舟且容与，未忍言别离。

别离怅悠悠，于焉聊写忧。暝投兰若中，宴衎叙绸缪。
起坐临前除，弹琴和清谣。重阴翳明月，寒风振山邱。
慷慨令心悲，欲罢不能休。沉吟出门去，鸡鸣忽嘐嘐。

蓬壶道人

登高望瀛海，弱水何茫茫。巨鳌戴三山，屹立水中央。
金银为宫阙，玉树森成行。微风振其柯，泠然奏琳琅。
中有遗世士，餐霞仍嗽阳。飞龙为我驾，琼糜为我粻。
容颜若婴孩，不老凋三光。悲哉世间人，年命如朝霜。

遗橘吴铁峰

中园有佳橘，结实何累累。经霜不尽采，时为穷岁资。
念此难独有，一朝遗所思。所思亮不乏，聊用致我怀。

云岩书屋

幽人厌城市，言就云岩居。岩居杳且深，所藏惟简书。
五车未为富，万卷良有余。白云出岩间，俄来集窗虚。
风吹去复来，似为君子娱。于焉日容与，庶几名实俱。

挽吴安晚 即铁峰

徂谢易永久，奄忽移阴阳。涖卜告门东，日月得其良。
祖载出中庭，送子归山岗。愁云结重阴，白日黯无光。
前旌御广柳，丹旐随风翔。徒御皆涕零，素骥亦悲鸣。
行行适幽宅，税驾斯焉藏。明器杂前陈，苞筲瘗柩旁。
顾视但漫漫，长夜永无明。骨月行当化，魂气杳飞扬。
恸哭不复闻，祭奠安能尝。送者各自归，谁为少彷徨。
狐兔如有情，时来戏玄堂。千秋万古后，犹悲思故乡。

慈节吟

薄命婴祸罹，良人忽摧夭。哀哉襁中儿，呱呱泣昏晓。
殉死非所难，奈此孤而藐。宗祊与族姓，所系良不小。

忍死少须臾，辛勤抚而保。盛年谢膏泽，潜身处深窈。
近市愧轲亲，延宾慕陶媪。儿成奉祠祀，春秋荐苹藻。
身为朱氏妇，庶几以终老。荣名靡所图，节义乃常道。

读钓台集

子陵遁世士，因乱在齐邦。羊裘物色中，三征往帝乡。
傲睨帝王尊，唾视名利场。辞荣良足钦，适用非所长。
观其卧床对，岂不由衷肠。愿从巢父流，接迹颍水阳。
诏许放还山，于焉渔且耕。君臣义交尽，故旧情靡忘。
希文守兹郡，披榛吊颓荒。饰词荐苹藻，伐石铭文章。
节礼两言立，日月可争光。如规莫加圆，如矩莫加方。
后贤务新奇，论议太低昂。遂令礼贤举，造化聚讼端。
唯陵固汉人，清节起东京。况之三代士，斯言殊未当。
逝者如有闻，应亦以为平。遥遥望云山，永言多慨慷。

秋日杂兴和程学士克勤韵

滮滮下水，萧萧竹间风。爱此幽且深，葺宇当其中。
既无纷嚣杂，且有静省功。吾道在方策，隽永将无穷。
至理苟冥会，万象咸昭融。悠然起遐思，忘彼南山崇。

其二

率溪有精舍，是为咸买居。所恶乃声利，所好在诗书。
闭关谢往来，长年味道腴。衣食常不给，举世笑为愚。
孰知南山翁，怀此久踟蹰。鱼鸟虽可乐，独行无与俱。
惟应浴沂者，庶几为我娱。

答沈彦祥贺生孙作

生儿免无后，未别为贤愚。日夜望成人，粗令业诗书。
儿今复有子，头角宛相如。得孙固云喜，无乃添吾忧。
痴儿不好学，枵然腹空虚。未知为人子，徒令尊自居。
故人缪相爱，遗我琼琚词。上言由先德，下言携掌珠。

何时得良晤，看此庭中趋。

赠王文冕

少怀四方志，乘时远游嬉。西经宜兴市，落魄无人知。
夫君何自喜，枉驾与之归。华灯坐良夜，高论露中怀。
古今无穷变，亹亹解人颐。雷惊蛰斯启，钟鸣霜乃飞。
相知苦不久，旋复成乖离。出门即长路，驱车独栖栖。
浮云蔽关山，洪流带邦畿。可望不可亲，悠悠劳我思。
秋兰抱幽香，寒松挺孤枝。芳华信能保，应无迟暮悲。

再叠图茔致思四首

遥遥天马山，群行出城外。涧水东南流，禾黍资灌溉。
地幽抱神界，穴秘聚生气。绣衣念厥祖，营为卜迁计。
谓彼谷城藏，于中犹有悔。兹焉事改作，辛勤阅年岁。
种树皆十围，畚土非一篑。魂气无不之，体魄永攸利。
夏官如有知，含笑于下地。载诵思亭章，令人发深慨。宝涧西原

茫茫天地间，寿者何其少。哀哉象峰麓，孤坟埋百草。
下有潜寐人，长夜无时晓。当其盖棺日，孤儿未离褓。
抱道竟不施，策名空太蚤。郡守解怜才，于焉卜其兆。
穿中既深锢，营旁亦高燥。儿今立要津，英名流四表。
褒封贲泉壤，奎章掞天藻。夫君身后名，有如白日皦。象峰东麓

莆中地滨海，群山多象形。眷兹凤凰山，名之斯称情。
盘回若飞舞，峙止疑栖停。五陇相起伏，形胜由天成。
林侯卜其吉，为母开佳城。树槚匪求材，砻石斯为铭。
五患既尽除，一抔期永宁。雨濡与霜降，春履仍秋行。
感此狐兔迹，况闻风木声。凄然泪承睫。寒泉亦悲鸣。凤山北陇

死生昼夜理，在人皆善言。及乎处其际，变色不能前。
徬徨顾妻子，事事成悲怜。请看涂岭穴，中有长生天。

上书论国忧，志欲除其奸。天人与顺逆，大义何昭然。
玉工昧其理，反为和氏愆。营兹以待终，将归要领全。
圣皇重直谏，再命居台端。直气不可回，风节故桓桓。
容悦亮非欢，忠义素所安。岂如庄列辈，呴呴谈神仙。涂岭南窝

介子永龄遘厉频死，味芝陈先生实生之用，求姻家沈君启南写图，复系之以诗，聊报万一云

爱子本天性，少者亦何深。念兹成童年，苦为疟所侵。
寒热日交战，孱弱讵能禁。人云鬼之为，毋乃阴阳淫。
先生希圣流，用推仁者心。一投去其苦，再服保其真。
寝食如平时，奇功妙入神。老南写斯图，为是平生亲。
种杏固寓言，况此及物仁。图亦有时既，言亦有时泯。
惟应受赐者，身存恩亦存。

舒啸亭为东林山陈氏赋

渊明一代士，所怀在本朝。弃官归去来，舒啸登东皋。
将为愤懑泄，岂以音节超。亦有逸群人，葺宇此逍遥。
发口忽成音，逸响一何嘹。长风集万里，游云薄九霄。
幽深比琴瑟，清激超竽箫。绵驹防其精，王豹亡其谣。
眷兹自然妙，何须钟律调。遥遥苏门山，至人当见招。

三天竺

浮屠善幻化，利益夸群愚。未能空诸有，亦复崇其居。
巍巍金银宫，涌出空山隅。兴废固由人，无乃法所驱。
眷兹天竺名，古来夷夏殊。移之被此地，欲表神灵区。
地势既形胜，人情亦奔趋。我来适闲旷，二三同志俱。
登顿虽云劳，逍遥还足娱。仰睇群峰秀，俯循流水迂。
微风动灵籁，满耳聆笙竽。徘徊将日暮，浩然赋归与。

一愚为沈廷望赋

人以智自衒，子以愚自矜。愚智尽天赋，有无何重轻。

纷纷效愚者，卒获诈以名。外饰中或殊，居然汩其真。
子能慎自践，斯名方称情。俞也不可及，回也言如之。
险艰致其力，退省发其私。愚于此何有，圣言当不欺。

折杨柳　送张子静归吴兴

下马折杨柳，春浅条未长。东风吹落日，行人归故乡。
朝发阊门道，暮宿碧澜堂。仰看天上月，千里共流光。

赠李中翰贞伯

层城多甲第，朱门赫峨峨。曲水起飞桥，楼观相陂陀。
何人拊瑶琴，独坐当中阿。朱弦激清商，慷慨和悲歌。
回风振丛薄，游鱼跃灵波。大雅久不闻，举世尚淫哇。
知音既云少，笑者亦已多。沉吟下阶陛，感叹将如何。

赠陈玉汝

少妇婉清扬，当户织玄黄。朝朝弄机杼，晔晔成文章。
筐篚远贡之，裁为君衣裳。衣裳近玉体，衣被自生光。
苟非尺寸益，焉能置君旁。

有怀沈启南、吴廷晖二姻家

日落照高树，枝叶何轮囷。上有嘤嘤鸟，鸣声如索群。
与君别离久，邈若参与辰。结交非不多，何如儿女亲。
河水尽日流，浮云尽日行。行云与流水，不及思君情。

赋泰伯祠送李舍人

行行阊门道，清庙临通津。借问此何居，至德垂鸿名。
畴兹商周际，天命固难谌。避狄始宁居，翦商志将萌。
圣孙天所启，周道方日新。夫君见其微，远窜来蛮荆。
冠冕化文身，礼义开吴民。让国非求名，此意难具陈。
顾惟君臣谊，况乃父子亲。向无宣尼言，谁能识其心。
李膺吴中彦，怀古意何深。行当侍帷幄，扬芳播清尘。

6. 西村集卷二（七言古）

题沈启南画《月下杏花》

我昔庆云看杏花，春云压树埋晴霞，
无端风雨中夜作，狼藉满地同泥沙。
十年蹭蹬不复见，无乃天意于吾赊，
老南忽往花正好，两株繁华对晴昊。
白日苦短看不足，更向良宵事幽讨，
月明照花花在地，恍若清波漾文藻。
夜深露下花更佳，汗湿蛾眉淡于扫，
巫山神女朝梦云，洛水灵妃夜当道。
知君好事不可当，绕树行吟被花恼，
诗成得意难具陈，片纸再与花传神。
品高意远迹逾妙，反觉树上花非真，
须臾喧传动城郭，借看累月纷蹄轮。
君不见，虎头曾图瓦棺壁，观此杂沓输其珍。
老僧老僧收拾去，且莫出示无钱人。

紫阳庵

玉光熏天天帝怒，敕遣天丁劈雷斧，
电扫霆驱葬海中，散落南山把山补。
龙血淋漓凝紫璚，玉枝瑶草交莹英，
桂影兰香泣秋色，仙妾坐花吹玉笙。
千年老鹤噤不语，萧飒蛾眉怨神妪，有丁野鹤遗蜕。其妻亦出家于此
东望蓬莱一水间，黄尘霏霏正如雨。

梅月

老兔爬天团玉生，山河影动参星横，
羿妻潜奔姑射笑，霜气作华凝佩缨。
瘦影寒香塞天地，茅店村醪冷无味，
翠禽忽听啼一声，冻云零落东方明。

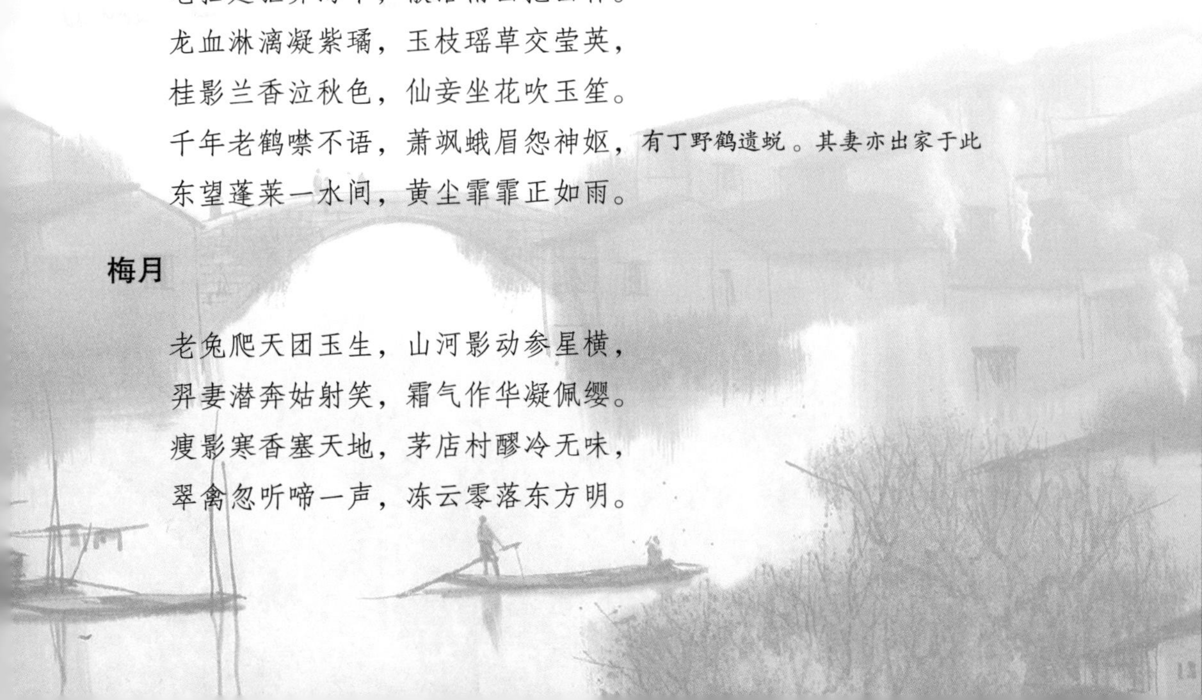

秋江客思

洞庭袅袅凉风起，木叶惊飞下江水，
江水悠悠烟景微，江头有客未成归。
身经北渚云山杳，家住南京音信稀，
乍见霜前飞塞雁，还闻月下捣寒衣。
寒衣作就家家寄，可是侬家远难致，
男儿出门不返顾，直欲浪游天尽地。
轻舟短棹恣经过，水远山长风浪多，
花艳惊郎大隄女，声谐流征郢城歌。
歌声入云花满堂，夜夜朝朝乐未央，
劝君莫上瞿塘去，两岸猿啼能断肠。

送樊司理考满

东方日出城门开，雨洒道路无尘埃，
倾城出送使君去，前车后车相逐来。
路旁弱柳不堪折，只把新诗赠离别，
使君岩岩廊庙姿，三尺由来能自持。
平反不待慈母问，考课行对尚书期，
最君治行当第一，一蹴登台不为疾。
君不见，汉朝任人尚法律，狱吏往往为公卿，
释之世谓冤民少，定国人称用法平。
况君明经取高第，比拟不能无重轻，
更将古义决疑狱，莫谓明时无董生。

澄上人房紫牡丹开觞予以酒，因诗以记

入春风雨长交作，水波绕舍如湖泺，
桃李沾泥海棠谢，负却人家看花约。
追呼闻欲检民数，愁疾强扶来县郭，
市中湫隘不可居，却向禅林借高阁。
忽惊妖艳破寂寞，况乃骈花与重萼，

芳心晕露金粟敷，娇态迎风紫绡薄。
初疑僧伽演妙义，天女来听蔓璎珞，
又如洞庭张广乐，仙姝联翩扬戍削。
传闻此种出罗山，未必分根尽河洛，
姚家荒芜魏家废，总有华容亦非昨。
品题何须较优劣，但得相娱不为恶，
老夫睹此喜欲狂，绕花吟行不停脚。
只愁两日损颜色，好事谁能致油幕，
又无仙家漆姑汁，可使浓华不凋落。
老僧破戒为侬喜，斗酒沽来对花酌，
扫除热恼得清凉，搅就醍醐出酥酪。
人生真赏贵适意，不在歌钟始云乐，
夜深秉烛更相照，春城月暗鸣宵柝。

送浦汝方访姚侍御

君家写山楼上住浦楼名，扫尽云山入毫素，
扁舟六月泝吴江，欲向丹邱最深处。
丹邱主者绣衣人，年来画笔如有神，
远慕荆关探妙诀，旁寻吴盛接芳邻。
与君旧日相知久，握手无言惊白首，
怒呼银鹿扫庭花，笑倩琼姬献杯酒。
酒酣斗画为欢娱，峰峦欻来当座隅，
摩挲老眼识真趣，脱帽席地惊相呼。
我欲从君往盘礴，无奈尘纷苦缠缚，
临江送君君不留，离情直与江东流。

送康驿丞之京

皇天不雨江欲枯，有客棹鞅游南都，
南都煌煌在天上，虎踞龙蟠屹相向。
城中美酒斗十千，临行请君沽百钱，
凤凰台头弄明月，拍手醉唱名都篇。

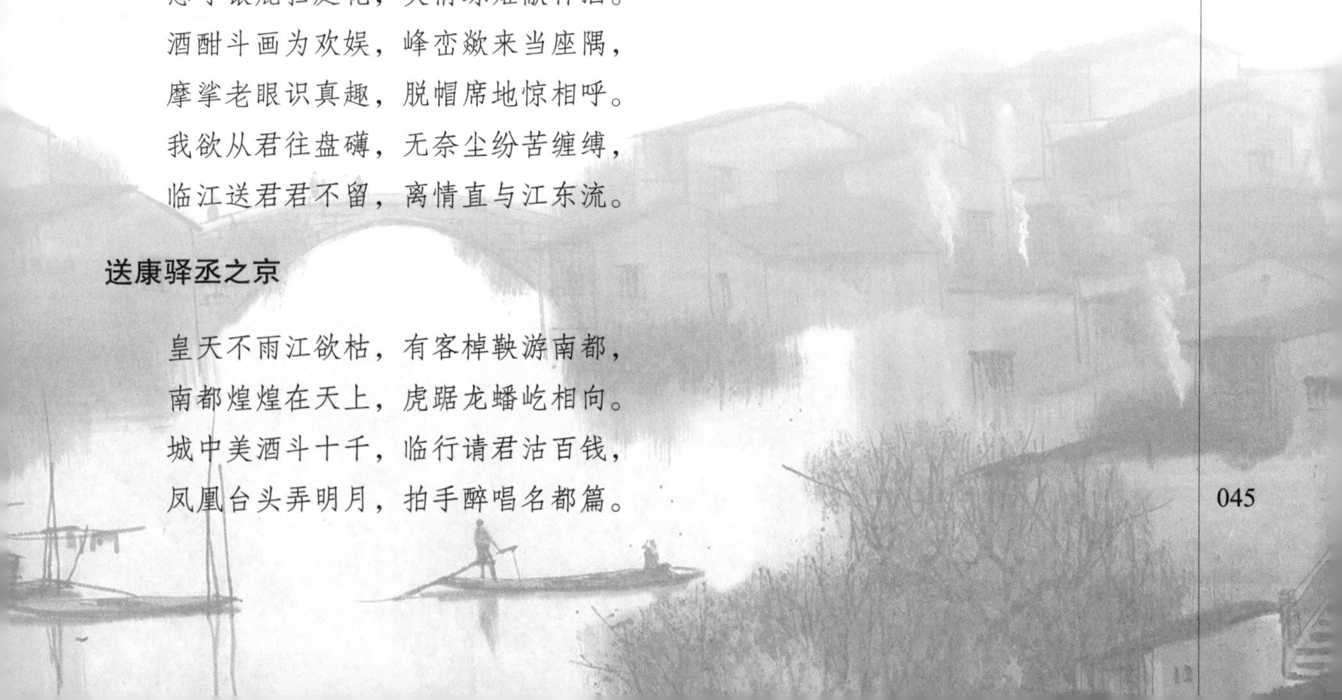

渡奔牛闸

下河水低上河漫，春雷吼闸奔流悍，
鼓声咚咚催发船，百丈牵连若鱼贯。
船头水涌沉且浮，顺风张帆那可留，
行人来往日南北，惟有水声千古流。

过吕城坝

河水汤汤向东注，垒土横河障波住，
往来舟檝恒苦停，首尾相衔才得渡。
车声辚辚绠痕急，船头向天如欲立，
龙门一跃直下来，滩声雷吼鲛人泣。

题可庵老人写竹

国初写竹王舍人，笔端生动妙入神，
风流太常继其后，片纸一出人争取。
可庵老人得此传，声价在人尤赫然，
江南贤豪动百数，家家屏障生风烟。
前年寄我雪竹图，天地惨淡云模糊，
大枝横斜小枝亚，金鞭击折青珊瑚。
今年写竹吴江见，写出千人万人羡，
鸾凤盘空云日翻，蛟龙出海风雷变。
鹧鸪无声锦瑟稀，湘娥披云未遮面，
老人老人勿自珍，笔力转多方绝伦。
高山流水志有在，莫谓识面无其人。

7. 西村集卷二（杂言古）

秋林访友图

青山巃嵸凝紫霞，飞泉如虹饮渥洼。
枫林接叶红于花，上有鸾鹤下麋麚。

玉楼珠箔仙人家，仙人颜色常美好。
瑶池桃花得春蚤，门前石楠秋叶香，满地绿云风不扫。
有客来远方，驱车涉羊肠。车声到门止，揖让升高堂。
高堂奕奕凌云汉，瑶爵金盘青玉案，华灯煌煌照宴嬉。
汉女为生洛妃旦，浮云不行天欲低。
回风动地飞花乱，悲欢离合乐未央。
起视明星夜将半，夜将半，舞且歌，发激楚，奏阳阿。
巧笑两颊生微涡，蛾眉曼睩光腾波。
平生乐事良蹉跎，对此转觉哀情多。
明朝忽惊双鬓皤，其奈流光如箭何。

许子厚约游石湖，余以事阻，诗以谢之

杭州擅西湖，烟花弥漫天下无。石湖在吴苑，佳丽亦足雄吾苏。
青山巃嵸抱湖涘，吴台越城两荒址，
紫薇舍人天上归，乞得天书贲湖水。
湖水东西流，世人相续游。古人不可见，今人来不休。
古人今人日更改，湖上青山镇长在。
梵宇琳宫几废兴，湖波依旧东流海。
许君约客为春游，绣被锦帆青翰舟。
攀岩践穴肆探讨，迂洄击汰相夷猷。
山岚湖渌可手掬，大笑拂入杯中浮。
举杯仰天作鲸吸，沃溉胃肾资冥搜。
时时得句辄呕出，锦囊错落骊珠投。
暮归列炬照湖上，水波涌沸鱼龙泅。
蹇余汲汲尘中走，与约谁知此言负，
想像清欢寤寐间，侧身西望长搔首。
作诗聊寓不平鸣，有命重游尚须后。

题沈启南西林唱和

故人访我来长洲，半道却入西林游。

西林萧萧倚绝壁，仰见白日西南流。
林僧昼眠开北牖，惊呼谓是吾师友。
遣人四出招良朋，露坐中庭接杯酒。
东方月出星满天，抗衮起舞心茫然。
白璧无由报知已，丹砂不复延流年。
延流年，真浪语，何如饮美酒，沉酣不知暑。
昙花菲香充佛庐，爝火流光骇仙鼠。
既歌且谣，其乐陶陶，不有君子，那能逍遥。
诗成写图徐隐几，顷刻云烟生满纸。
天机到处人莫知，明日喧传动城市。

万竹亭赋赠吴汝琇

我家竹林在平地，土浅丛疏叶憔悴。
君家万竹连高岗，俪美潇湘与清渭。
崖光谷色相吐吞，石涧潺湲潆复奔。
鹧鸪啼秋白日暝，蛟龙卷雨翻沧溟。
红泥亭子开中央，朱阑碧甃周为坊。
孔屏翠帐齐腾光，秋兰罗生瑶径旁。
光风泛转菲菲香，翠阴满地凝不散，绿水荡漾云茫茫。
美人挟瑟调清商，朱弦高张分雁行，一弹再鼓发浩倡。
清声入云哀怨长，凤凰翱翔下寥廓，帝子不见山苍苍。
我为万竹歌，歌长唾壶缺。
平生不饮今醉之，醉后不禁双耳热。
夜深起舞月明中，猛虎一声山石裂。

暮春访沈启南道中作

姑苏城中桃李花，风吹雨批成泥沙。
离群客子正无赖，对此不饮空咨嗟。
美人别来应瘦生，思之忽泛娄江行。
芳洲杜若何青青，青林隔岸啼春莺。
春莺嘤嘤求友声，人之听之无限情。

无限情，在今夕，疑义奇文赏还析。
大胜山阴兴尽回，道路空留往来迹。

重阳庵 道家谓王重阳修炼之所

我游重阳庵，不见重阳子。
丹成飘然与世辞，骑龙遨游太清里。
三山等鳌簪，四海犹杯水，万里一瞬间，千年片时耳。
后人作屋青山头，重阳不来人自游。
长风萧萧日杲杲，醉卧白石临清流。
青衣洞，深且幽，衔花野鹿鸣呦呦。
仰招浮云唤白鹤，吾将与尔仍丹邱。

8. 西村集卷三（五言律）

送莫同知弟北归赴试

省墓才南下，辞家又北征，淮山临驿路，易水绕都城。
夜雨鸰原梦，春风雁塔名，遥知曲江畔，骑马看花行。

送吴铁峰

春色浓如酒，行行劝一杯，送君嗟此别，执手问重来。
野鸟迎人语，林花着雨开，维舟未忍发，日暮更徘徊。

竹房

爱此竹房好，偏宜方外情，前村江动月，清梵昼销声。
讲后雨花乱，风来天籁鸣，与师分半榻，高卧尽余生。

送母舅朱渔隐

十年才一见，离合动悲伤，授璧投河水，驱车送渭阳。
青山明夕照，黄菊款秋光，莫惜频来过，慈亲鬓已霜。

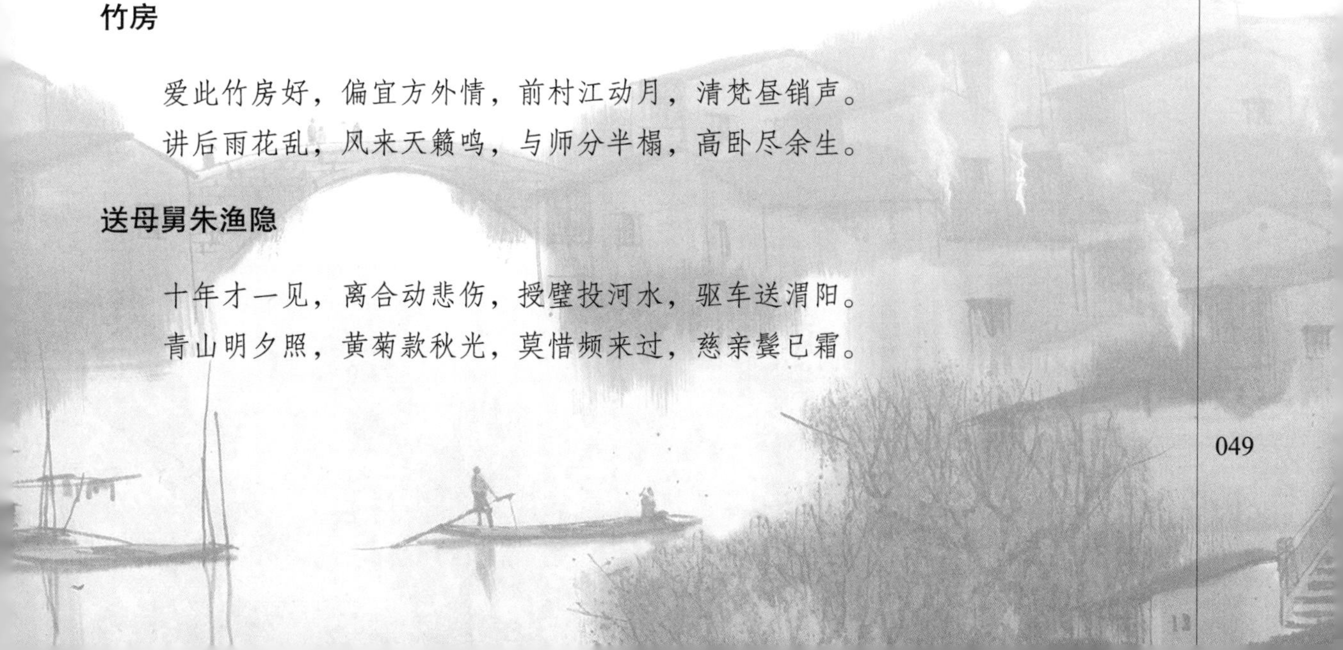

哭何以高

少日才名重，平生分谊亲，酒多应是病，金尽未为贫。
往事成春梦，残花逐市尘，天涯空怅望，零落转伤神。

斗室为澄道岩赋

斗室开幽处，云门俯水涯，四方裁十笏，一座演三车。
檐短容明月，窗低映杂花，休言此中小，世界亦恒沙。

梅轩为李天瑞赋

爱此梅花好，移来对草堂，水边微见影，雪里只闻香。
庾岭春如海，西湖月似霜，从教日吹笛，无梦到含章。

乐清

未老成归计，房开只树林，青山尘外相，明月定中心。
近水行秋影，焚香坐夜深，世人寻不见，惟听海潮音。

吴溪草堂

继志能归璧，贻谋在肯堂，重来山不改，旧种树加长。
燕雀晓相贺，芝兰春更芳，还闻放鸡犬，犹自认门墙。

和吕别驾九日登姑苏台韵

偶遇登高节，相为吊古游，砧声吴苑暮，雁影太湖秋。
得句频催和，行杯更旅酬，风流堪入画，妙手学营邱。

一鹤为南京唐道士赋

爱尔仙家骥，苍松映缟衣，一声清夜唳，片影上天飞。
赤壁横江过，青城被箭归，飘然游物外，几见世人非。

泊虎山桥 曹太史名亭曰擅胜

雨后水初漫，日斜山更明，地居吴下胜，人似越中行。

扫石看题字，临流试濯缨，桥南一亭好，新得翰林名。

憩奉慈庵

松头孤鹤下，石罅乱泉鸣，入坞疑无路，逢山屡问名。

客行忘远近，僧老废将迎，一笑出门去，五湖风浪生。

送范世良

弱柳不堪折，相携话水边，离杯传日暮，归路在春先。

冻雪寒欺马，空江晓渡船，永怀交际久，况是昔人贤。

菊庄

种菊久成庄，门前水亦香，花时常把酒，日暮拟为粮。

正色纯无杂，遐龄老未央，何当事筐管，来此采余芳。

送王静深还合州

风波才定日，舟楫又归程，月冷巴猿啸，人悲蜀道行。

阵图依旧垒，山势接孤城，最是临岐别，秋高断雁鸣。

挽萧以信

人道从军乐，谁知误一生，元戎归旅榇，边将失干城。

草檄今无敌，封侯竟不成，空遗旧提剑，沦落海西营。

送康驿丞还庐陵 有金鱼白鹭二洲

握手独相送，君行我自归，风波千里远，烟树一村微。

地胜金鱼近，江清白鹭飞，鸰原应在念，回首思依依。

吴兴道中有怀汝其通曹颙若

杳杳长途异，悠悠逝水流，江村孤宿夜，风雪远行舟。

寒重偏欺客，凌浮迥结愁，故人应在念，日暮尚登楼。

夜宿奉先寺洪上人房

孤舟薄暮宿，古寺奉先名，地迥诸天近，楼高片月明。
炉香清作供，漏水冻消声，爱此无生说，流连过二更。

题吴铁峰家假山

仲子为山处，容人得屡过，峰峦平地起，水木到门多。
欲雨生云雾，经春长薜萝，流莺如惬意，百啭杂笙歌。

饮乌步顾氏村居

去郭逾千步，淳风自一乡，日斜鱼市集，岁久水祠荒。
草色遥连浦，花枝半出墙，西南山更好，欲渡苦无梁。

喜张子静见过，诗以送之，兼柬沈彦祥

扰扰百年内，相逢能几回，折麻空有意，抱病强登台。
苕水太湖接，故人今雨来，因风问东老，何日共深杯。

寄慈感寺一峰上人 其师圆如规号兰公

能诗兰谷老，化去已多年，霅上一峰秀，灯前三昧传。
莲花滴漏水，月色照归船，记得长松下，曾参玉版禅。

孤山

一上孤山望，春波带夕曛，西来千嶂合，南下两湖分。
路绕前朝寺，云埋处士坟，画船归去晚，歌吹月中闻。

送灵隐书记净无瑕游京师

披衣新得戒，杖锡又登程，世路随缘去，空门为法行。
浮云上国远，片月故山明，心地平如水，风波自不惊。

与汝其通观钱塘江

渺渺春江迥，无风亦有声，地平波动石，海接气浮城。

虏马屯砂碛，潮头也世情，临流将唤渡，南向越中行。

将游金陵夜泊震泽

朝饮平湖酒，宵停震泽航，从兹登远道，犹未出吾疆。
月隐星光烂，花秾露气香，路人初不识，笑问客何方。

游天申宫 张公洞旁

问讯天申路，期寻福地游，风林松子落，石窦乳泉流。
溪女行随伴，山花插满头，道人能好客，炬火不须求。

游报忠寺 善权洞旁

选佛开名刹，因山号善权，地深青嶂合，天近白云连。
门对长松树，池分小洞泉，不知楹上篆，雷震是何年。

经下菰城 春申君所筑

靡怀函谷败，却事下菰营，蕞尔非天险，当时盛甲兵。
空城乌鸟乐，废堞野云平，不独吴宫里，离离蔓草生。

溧阳道中

水尽行舟止，途平抗策宜，车声来往道，天气雨晴时。
赤阪黄尘起，青山碧草滋，居人当路语，留客饭松米。

经濑水 即伍子胥乞食之所

匍匐昭关下，仓皇濑水浔，饭贤同漂母，报德异淮阴。
一死名无忝，千金漫尔沉，停车吊遗迹，长叹不成吟。

鲁廷瞻、叶廷缙、徐宪之送至龙江而别夜坐有怀

晚泊龙江上，君归我未行，乘流喜风顺，看月待潮生。
水市浮舟卖，渔灯入夜明，乡心与离思，扰扰梦难成。

华容十咏为毛同府赋

渺渺江南梦，英英云上生，绪风吹不散，悬火照还明。
凉沁皋兰被，晴连湖水平，时飞傍亲舍，游子若为情。梦泽晴云

全楚疲兴筑，诸侯贺落成，侈心滋未足，大屈好非诚。
往事不可问，野花空复情，秋禽委毛羽，犹似断王旌。章台古迹

利涉在崇朝，沱溪一水遥，谁能须我友，多是就人招。
乘月影零乱，傍船波动摇，晨鸡犹喔喔，客路正迢迢。沱溪晓渡
山峰尽奇绝，雪幂更精神，玉笋抽当震，瑶簪出奠寅。
高低同一色，草木借三春，欲访仙庐迹，漫漫认未真。东山雪霁

湖水流无际，山形荡欲漂，云生齐北斗，脉衍自南条。
朱凤高飞尽，苍梧别望遥，禹功垂万古，祠宇亦萧萧。山有禹庙，南山远翠

横木为梁处，舟车日夜过，彩虹垂饮渚，灵鹊下填河。
雪水西从蜀，湖流北受沱，吞崖溷牛马，鸣濑失蛟鼍。板桥春涨

斜日章台下，杏花犹自红，古今皆过客，开落尽春风。
楚芊腰支细，息妫言笑通，那能久容冶，相映酒帘中。杏村夕照

水月原同气，高卑特异形，运行常不息，流动亦无停。
象纬昭天阙，容光小洞庭，浮槎失南北，隐隐数峰青。青湖夜月

亭废独遗基，灵踪托雨师，湖山元自胜，风月故相宜。
龙驾云中度，鸾笙岭上吹，世人空想像，赍酒日来嬉。赤亭遗址

驿路长松树，风来作万号，龙吟翻翠盖，凤舞奏琅璈。
列陈初严鼓，连营乍竖旌，犹疑宋飞将，水上战方鏖。驿路松风

荻溪道中

摇摇理舟楫，杳杳事徂征，溪姓犹缘荻，村名半带城。
冻云含雪意，老树挟风声，霜月欺寒雁，嘹嘹中夜鸣。

游三茅观

山势西来尽，江流北望遥，神仙长在世，日夜再闻潮。
药采新生术，篱编旧种椒，不须句曲远，聊此永今朝。

夜投殊胜寺真上人房

春风苦无赖，野寺暂相依，静夜名香遍，空堂漏水微。
语投机自息，坐久世疑非，爱尔东林月，流光照客衣。

元日 *弘治六年*

流年今六十，壮志日蹉跎，得此已为幸，更来能几何。
青山游未遍，白发在无多，去去不须道，逢春且啸歌。

立春日

北向梅开未，东行月建寅，有生皆自乐，无处不宜春。
似我容颜老，逢兹气象新，百年今大半，犹是未闲人。

谒张子静墓

弭棹鸿村道，来寻处士坟，泪痕沾宿草，悲思接愁云。
系树嗟无剑，名家幸有文，东风吹野水，流响不堪闻。

碧岩 *在弁山之阴*

问路扪萝上，遥寻钟磬声，云流看栋湿，树挺识人行。
涧水晴悬瀑，松风巧韵筝，山苍与湖绿，点染自天成。

瀑布泉 *在碧岩之右*

爱此岩头瀑，分明白练垂，被风吹不断，得雨洒尤奇。

流出有来处，散开无尽期，庐山亮同此，只欠谪仙诗。

鸭绿漾

近接太湖水，倒涵苍弁峰，地无高丽险，色比汉江醲。
荡漾数十顷，岚霏三四重，碧岩长在望，日暮忽闻钟。

大雷小雷

双螺浸湖水，万古镇龙宫，小大名形异，东西奠位同。
尝闻出光怪，于此验凶丰，欲往叹无翼，凭谁学御风。

与沈启南从徐亚卿、何中丞相度水道

济世未为术，逢人聊用情，海桑惟日变，水土几时平。
远雁和云杳，寒潮趁月生，茫茫不相识，沿路问乡名。渡吴淞江

暂出靡行役，邻封非异乡，偶因停泊处，始定往来方。
海迥月浮水，夜寒天雨霜，终宵成辗转，归梦与途长。宿徐公浦

岸崩桥易圮，水阔渡难招，浦溆遥通海，舟航半趁潮。
市声先旦集，野树未霜凋，明月如相识，依依伴寂寥。经上海县

不到云间久，于今四十春，山川仍旧物，交友半陈人。
梵井鳗光泯，华亭鹤唳新，扁舟有归兴，斜日下通津。至松江府

和石田自寿诗韵

流年今四纪，强半在城中，画好能名世，文成拟送穷。
趋庭欢令子，勿药喜而翁，昨夜灯前饮，清吟对阿同。

登吴山绝顶

古庙经年久，荒台落叶深，江湖分向背，城市绕山林。
尽道迎秋榜，谁同坐夕阴，樵歌归满路，惊散暮栖禽。

哭林侍御五首 并序

侍御，莆田人也。成化间，皇储未定，用事之臣有谋。为殷道亲亲之。说以市权者，人以事为未着而不敢言。公独谓着则事成不可止矣。乃先劾时宰以折之。虽以忤旨受杖，然其事竟议格不行矣。宰衔之，公谢病免。宰去再起，巡按浙之东西，不以形迹自拘。好贤下士，询访不倦，且不避权要。吏民爱之，亡何移疾。代者未至，乃上诏勅纳印符，绝乘传而归。归三年卒。哀哉！初公之归也，某别于平望，公屡诵李商隐“他生未卜此生休”之句，凄然泣下者久之。呜呼！公殁矣！仰公高风，伟公奇节，感公知遇。诗以哭之。

远闻林侍御，一梦掩泉宫，陇树犹森柏，山灵已避骢。
祸消未萌际，勇退急流中，无限忧时泪，因君泣未穷。

云掩前星位，人心去就间，惟公上封事，深斥柄臣奸。
灞上空留说，梁王竟出关，大功安社稷，瞻望孰能班。

解绶归田日，相呼在驿楼，共嗟临水别，真作此生休。
忽得莆中问，今为地下游，空挥两行泪，寄与海波流。

酸风射眸子，南望泪盈襟，曾枉下车揖，敢同行路心。
只鸡千里吊，匹马万山深，此意未能遂，凄凉转不禁。

绳愆共所职，下士出常情，茶谱羞充贡，医方欲卫生。
人间不久住，世外若为行，想溘埃风起，乘云掩上征。

题旌功庙 并引

少保于公庙，在西湖墓上。成化二年，复公官爵，遣人谕祭。巡按刘魁立祠于故第，曰“怜忠”。今上赐谥，赐庙额曰“旌功”，有司岁祀。

戎马环行幄，胡儿走控弦，万方三日临，九鼎一丝悬。
不有维藩议，将为举国迁，救时平祸乱，功业冠群贤。

李纲才仗钺，谢傅尚围棋，可汗滔天恶，都城累卵危。
维公际艰步，异世若同时，指授诸戎帅，从容尽合宜。

二圣弘兴继，纶音贲贶同，易名维一惠，赐庙录元功。

精爽风云接，恩光雨露浓，公神如不死，感荷九原中。

过横塘

西向横塘过，风凉天又晴，两山沿路转，一舸问津行。
野水飞云度，斜阳去鸟明，采莲人不见，遥听唱歌声。

久客无碍方丈赠觉源讲师

碧殿明秋水，香台下夕阴，堂空莲漏迥，径转竹房深。
习静疑忘世，含虚已定心，何时谢尘鞅，来此事幽寻。

中秋闻诸弟宴集湖上有怀

乐事愁边减，流年客里过，桂香秋色好，天迥月明多。
欲共嫦娥语，其如良夜何，遥知湖上饮，达曙尚酣歌。

蕉窗

爱此禅房好，芭蕉绿满庭，雪中疑入画，定起自翻经。
晓色和云动，秋声杂雨听，心源有甘露，一滴可通灵。

冬夜逢临川聂云章话旧

频年违晤语，此日贲林坰，鬓发缘愁白，家山入梦青。
功名成潦倒，书剑尚飘零，明发松陵道，离歌惜共听。

登多景楼

客里一登临，长歌惬壮心，江山自今古，人物几消沉。
潮落淮南近，天垂海外深，改之诗尚在，读罢欲沾襟。

游甘露寺

清晨游古寺，云气昼昏昏，列嶂环京口，长江赴海门。
平临当北斗，特立见中原，无限兴亡事，伤心不忍论。

与沈继南登虎丘天开图画阁，奉柬其兄启南

投闲倚高阁，林莽半斜曛，山势东南尽，河流远近分。
鸣泉乱秋雨，落叶下寒云，欲赋不能道，空惭对卯君。

送赵孟昂归吴兴

不到霅中久，登高空自嗟，好山多近郭，有客喜还家。
一带白鸥水，几枝寒食花，故人如见问，愁鬓已霜华。

登江淮胜概楼

远水际长天，逢春更可怜，钟鸣裹山寺，人唤渡江船。
渔坞夕阳里，酒家疏雨边，因悲客程事，俯仰欲潸然。

瓜步阻雨

客里远经游，那堪有滞留，云山几千里，风雨一孤舟。
树影连江动，潮声撼地浮，故园归未得，南望使人愁。

至通州

孤城控一区，形势扼东隅，海水分咸淡，民风杂楚吴。
蜃楼凝复散，沙岛涨还无，问道寻鱼客，中宵望斗枢。

其二

绝域经游少，重关启闭严，官租兼菽粟，民业尽鱼盐。
海气朝成市，潮声夜入帘，狼山渺何许，空翠远浮尖。

天目山

岧峣古道前，一上思茫然，废井存遗迹，残碑记往年。
岩阴交草色，林薄起炊烟，南望乡关远，浮云何处边。

和徐天泉、刘完庵同过沈石田友竹居韵

去湖三里近，种竹万竿余，径转通幽处，朋来问索居。

散金时买画，补屋为藏书，千古王摩诘，辋川应不如。

过沈继南墓

寂寞空山下，凄凉野水滨，易名嗟有日，挂剑愧无人。
月冥猿啼夜，天寒草未春，素车来较晚，洒泪忽盈巾。

谒徐武功墓

絮酒来何莫，凄凉百感生，文名推独步，相业沮垂成。
才大人多忌，功高谤易行，只应坟下水，流恨去难平。

9. 西村集卷三（七言律）

分题得太湖送邬用明还鄞

一水遥遥与海通，舟行疑似入虚空，
三江共接朝宗势，万古长怀底定功。
茂苑人烟帆影外，洞庭山色浪花中，
登瀛有客频来往，欲驾云涛趁便风。

赠金本清中翰

少将词赋继班扬，馆阁周爰岁月长，
朝罢独书天上诏，使归那有橐中装。
齐棺古隶先秦出，岐鼓遗文后世光，
乞得鉴湖三十里，四明原是贺公乡。

寄震泽道士沈长春

春风归骑柳边停，一上仙台思杳冥，
苕水远从天目下，弁山长绕太湖青。
片云孤鹤吹笙度，千树啼莺把酒听，
最爱笼鹅能好客，无人援笔写黄庭。

玩月和教谕陈启东韵

闽岭岧峣路几层，孤舟载雪兴难乘，
中秋月好应同见，近海楼高不共登。
千里信音回旅雁，半生心事对寒灯，
悲歌莫倚能弹铗，衣马轻肥让五陵。

吴廷晖令子领举，予往贺以诗，见赠次韵答之

渺渺韭溪居上流，相思无奈驻行舟，
天香和月浮丹桂，秋水到门来白鸥。
教子今为探花使，忧君欲起见京楼，
留连故有新诗赠，高谊难将杂佩酬。

和吴益之留题接待寺之作

旅寓松陵厌市声，偶从兰若畅幽情，
水边行道来僧影，壁上笼纱护客名。
荷叶补衣秋色净，竹房清暑夜灯明，
庙堂虽与江湖接，未许投闲老此生。

送吴泽民归梅堰 泽民家有芝秀堂

宾馆穷经独下帷，吾家同叔每相资，
青山折简招归隐，白首逢人在别离。
此日梅花应待雪，新年芝草又生池，
溪边无数垂杨柳，欲绾行舟住少时。

留别胡有本

秦溪分手各天涯，灯市相逢喜又嗟，
远地故交能几会，满城春雪向谁家。
川原近海潮多应，光景催人日易斜，
明发归舟渺烟水，思君双鬓欲成华。

西园八咏 为三原巡抚王公赋

牙签缥带满堂垂，未许沂公独擅奇，
请俸写来还自校，借人看去岂为痴。
晴窗露展虞生蠹，净几潜披矢下帷，
培养真成济时具，又将余力教家儿。藏书屋。
试携宫砚洗洄澜，渍墨淋漓最可观，
龙尾蘸波玄玉净，马肝浮水紫云寒。
风飘科斗文难定，月射方诸湿未干，
头白上卿临帖罢，又书封事献金銮。洗砚池。

长松户外郁苍苍，卷幔蛟龙势欲翔，
韩起曾经誉嘉树，召公今又憩甘棠。
风生隐几聊闻籁，雨后呼童试采肪，
君子由来善居室，吾乡亦有岁寒堂。范文正公旧宅有岁寒堂，堂下种松，苍松轩。

内家丛里许分移，富贵应为造化私，
承露玉杯和月冷，惜春罗幄护风吹。
紫台姓魏犹循故，红萼名鞓似较奇，
一自旬宣江汉后，花开多不在家时。秦府赐红紫白三色楼子，牡丹圃。

陇头云气如车盖，变化油然去复留，
起处四方沾润泽，乘时六合可浮游。
风吹度影迷亲舍，日映成文捧御楼，
楚水秦山千万里，停车北望思悠悠。陇头云。
亭亭如盖挺孤标，先世遗来匪一朝，
色借绿袍荣及第，枝娇黄鸟惬迁乔。
长承雨露当霄汉，回出风烟带驿桥，
不似灞陵原上树，管人离别半无条。门前柳。

渭水园林尺五天，绣衣笔势更翩翩，

能文况是同年好，叙事还期后世传。
坐见华风生草木，端知采色画山川，
长安纸价应增贵，到处令人快睹先。绣衣记。

当朝太史汉中郎，曾志先公百世藏，
指事特书彰直笔，为铭传后发幽光。
从教雨日长淋炙，莫遣风雷下取将，
试检平生信无愧，穹碑不独妙文章。太史铭。

和秦太守廷韶游虎丘韵

虎丘寺里相逢处，柳弹花娇路不分，
泽畔纫兰为杂佩，壁间剜藓读遗文。
清吟羡得江山助，老懒思将笔砚焚，
晚漱余酣泉上立，万家烟火隔松云。

登吴兴慈感寺阁

亭亭高阁倚斜晖，廿载曾从此地归，
往事已随春草换，重来似觉故人稀。
孤城近水青山映，远树和云去鸟微，
欲系扁舟嗟未得，蘼芜新绿钓鱼矶。

曹颙若载酒过访，以诗赠别

一樽相对思依依，老大空悲始愿违，
华发镜中看渐短，故人天际信全稀。
黄梅雨少河流涩，绿树阴多日影微，
欲把渔竿江海上，却愁风浪湿荷衣。

与姚视卿游鸳鸯湖

鸳鸯湖上荡舟过，钟鼓声稀拥棹歌，
落日亭亭经远树，凉风袅袅动微波。
孤村近水闻鸡犬，小驷穿花见绮罗，

暝入芙蓉弄秋色，满身香雾月明多。

夜宿嘉兴漏泽寺宁庆山房

访旧天涯未即归，且来林下叩禅扉，
孤城暮雨沉更漏，二月余寒胜客衣。
近市不眠人语杂，邻僧齐出夜灯稀，
中宵忽作还家梦，无奈钟声下翠微。

春阴

浮云蔽日不舒光，那更东风故作狂，
宿雨未收添积水，余阴犹在阕诸阳。
山林有约空劳望，桃李无言也自伤，
园柳鸣禽俱寂寞，只生春草满池塘。

访吴廷晖偶成

访君还作看花行，宛宛溪流两岸平，
久雨闭门芳草遍，乱禽栖树莫烟生。
更筹夜送人皆醉，童子春深服已成，
明日新晴天气好，相携临水濯尘缨。

游胜果寺赴沈文伯之招

天地茫茫几废兴，中峰依旧有岩亭，
江流到海逢潮转，山势如城绕寺青。
仙洞隔花春寂寂，野云将雨树冥冥，
幽禽似惜韶光暮，频唤提壶笑客醒。

游南峰寺 支遁道场有放鹤亭，马迹石

扰扰浮生鬓已星，南峰此日始来经，
真僧化后今无马，野鹤飞归尚有亭。
清梵消声莲漏永，夕阳鸣磬石门扃，
登车欲去犹延伫，满树啼莺正好听。

送智天然住嘉兴东塔

山中晚学修禅定，又出升堂了世因，
汉守故居今入寺，寺故朱买臣宅 吴僧新住旧为邻。智先住白莲 在东塔之东
池分二水心同净，寺有青白二池 塔近诸天供献频，
我亦鸳鸯湖上客，予先世嘉兴人 欲来松下问前身。

沈启南与余约游金陵，而先余至，又先余归。尝闻余谈义兴山水之胜，故舍大江与丹阳而不事，竟取道于兹。将审余之说也，因诗以送之

草绿莺啼淮水流，柳花如雪暗行舟，
来期自信成先后，为客那堪有去留。
此地片时还独住，他山佳处已曾游，
东归若遇乡人问，春尽乘潮下石头。

吴元玉招赏牡丹，以无都扶图呼为韵

洛阳花事久应无，胜赏今逢在旧都，
春色只缘人自惜，衰颜还藉酒相扶。
时无永叔谁重谱，座有徐熙合写图，
夜静更持红烛看，满庭如昼鸟惊呼。

游灵谷寺

缓辔吟行紫禁中，杂花千树映禅宫，
山藏灵谷声疑应，水出皇陵势自东。
池上泛杯脩故事，松间扫石坐清风，
老僧延客无他语，只数前朝有志公。

登狮子山游卢龙观 高皇帝驻跸指挥六军败陈友谅

玉辇宸游事已遥，尚遗台观在山椒，
长江自古为天堑，王气于今属圣朝。
四海乂安兵久息，千年豪杰恨应消，

徘徊忽动西游兴，欲借东风驾晚潮。

登甘露寺多景楼

满目山川又独来，白头怀抱易兴哀，
郡城宜此开江嶂，佛殿何缘化劫灰。
万里中原劳怅望，千年鸣鹤自飞回，
东浮西泛无穷舰，总被潮声日夜催。

沙溪夜泊柬沈启南

有约东游久未齐，孤舟终日住回溪，
行厨火断从人乞，中夜潮生觉岸低。
风急海云迷去雁，雨深沙市误鸣鸡，
明朝应得随君后，遮莫春泥污马蹄。

沈启南访汝其通不遇，写画赋诗寄之，率尔次韵

虚室尘埃满榻生，故人来往惜空行，
剡溪莫谓终无对，震泽从今重得名。
山寺水村和梦远，渚花汀叶趁江清，
题诗写画遥相赠，未必王郎有此情。

梦草哀海盐王辂

一枕游仙梦复醒，无端芳草最关情，
生时不惜春风力，见处偏惊夜雨声。
原野绿齐疑蝶化，华胥调引乱蛙鸣，
西堂睡起成陈迹，佳句长留万古名。

哭武功伯徐公

星陨中庭夜已分，始知天欲丧斯文，
导河犹有随山迹，铸鼎谁铭取日勋。
四海故人空许剑，万家归马旧从军，
东吴不是西州路，也学羊昙哭暮云。

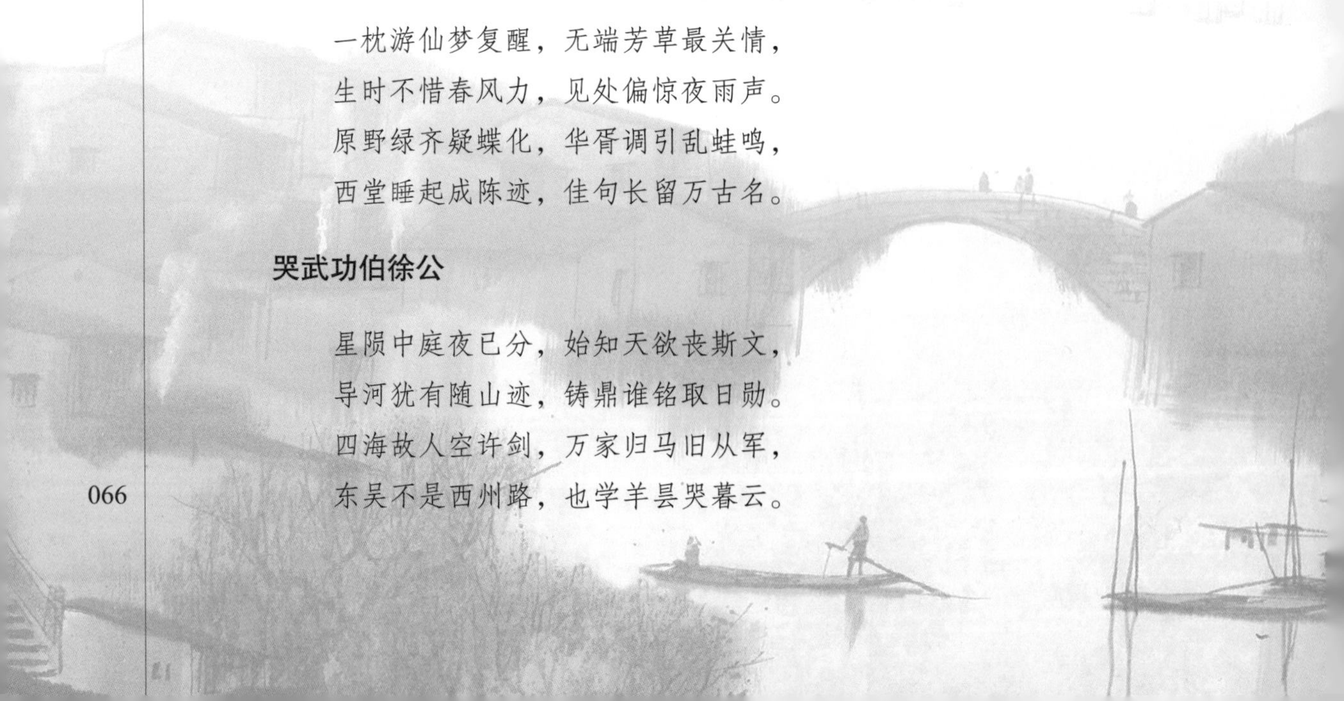

聚远楼

新起高楼九溪上，无边风景在虚棂，
太湖一水际天绿，洞庭两山终日青。
帆带夕阳来冉冉，雁拖秋影入冥冥，
何人卷幔吹箫坐，明月满空凉露零。

于府尹景瞻．张太守靖之、刘邦彦、沈明德宝峰宴集

濒湖楼阁少风尘，胜日登临属缙绅，
北道且依山作主，南飞又见雁来宾。
霜微岭树红犹浅，水落江蓠绿未匀，
老我已忘歌舞乐，只将谈笑款杯巡。

谢沈彦祥茶鱼之贶二首

新采雷鸣寄草堂，未开先作满林香，
囊裁白绢封三印，芽茁黄金露一枪。
斗处连场夸得隽，烹时比屋散分尝，
睡魔渴病俱消却，欲报惭无织女章。

钓得鲂鱼碧浪中，远烦分惠到吴东，
汉江缩项本同调，松水细鳞斯下风。
鳍鬣乱欺林笋绿，腹腴微带法糟红，
珍藏不敢成私享，留待先祠荐麦同。

问刘邦彦疾

遥闻末疾渐加瘳，时向湖山续旧游，
杯酒尚须行乐用，花枝多为养生休。
春风杨柳迷归骑，秋水芙蓉隐钓舟，
何日从君柁楼底，卧听横笛起中流。

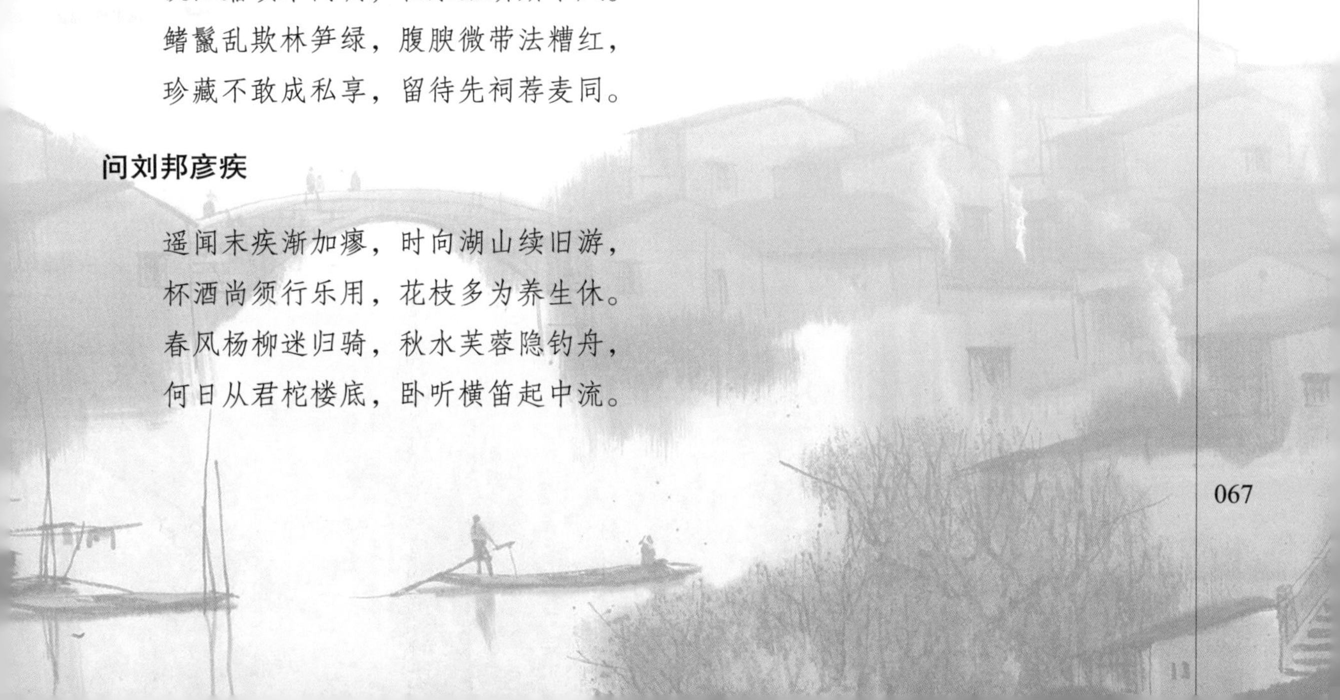

游黄山坞 湖州长兴县吕山山中

行行东去欲何依，为爱禅房入翠微，
山在不知陵谷变，鹤归应见世人非。
烟中草树含春色，岭外云霞敛夕霏，
自笑远人眉目异，野禽惊起溯风飞。

留别吴兴诸君子

杨柳风和溪水平，掉头归去趁春耕，
青山满眼浑相识，白鸟随人似送行。
远地几时重握手，孤城今夜独闻更，
离心好是秋霜剑，无数尘埃拂又生。

戊子岁秋夜泊松陵与沈启南庆云饮别

城阴分手即天涯，岭树江云别路赊，
未到故园犹是客，忽闻乡语似还家。
灯前今夜愁无寐，镜里明朝鬓有华，
欲问归舟何处宿，月明和雁在芦花。

送吴禹畴之广东宪副任

持节遥遥五岭行，瘴烟蛮雨避前旌，
已知吏戢无渔猎，莫倚时平弛甲兵。
诗句拟从官长学，舶船多候海风生，
隐之自是君家事，不为贪泉易此情。

送邹师孔游维扬

怜君失意向天涯，雨歇虹亭日已斜，
对酒不须嗟往事，渡江知是客谁家。
孤城犹系扬州郡，四海空传后主花，
莫过雷塘吊陈迹，只今残柳尚啼鸦。

喜舍弟铎病起得子

卧病经旬为尔忧，今朝最喜是全瘳。
子虽生晚终延后，菊纵开迟尚系秋。
杯酒谅随诗共废，田禾无奈雨来收。
故交赖有宗人在，时肯相过尽日留。宗人：指正夫也

送汪世望还吴兴

频年踪迹遍天涯，书剑萧条兴味赊，
枫冷吴江人执手，月明苕水客还家。
霜前黄菊惊寒早，湖上青山易日斜，
落魄布衣今白首，也将诗酒度年华。

送韩綮丞河内

领得除书下九重，翩翩花县去哦松，
吏人呈案无钳纸，星驾行春屡劝农。
河内水流城外过，太行山色雨余浓，
寇恂去后今陈迹，千古遗民说再逢。

鹤舟 为陈良佐赋

幽人养鹤爱风标，行动常令载近桡，
丹顶映波春泛雨，缟衣笼月夜乘潮。
几声篷底清宜听，片雪船头白未消，
我欲从君渡江水，扣舷歌罢又吹箫。

次进士马中锡、吴淑游京师西山韵八首

同年期集凤城西，尽日吟游信马蹄，
河水合流沧海接，山陉回绕白云齐。连山中断曰陉．太行山第八陉在幽州
离离远树行人杳，渺渺平沙去鸟低，
共幸成名今刻石，不须重向塔前题。

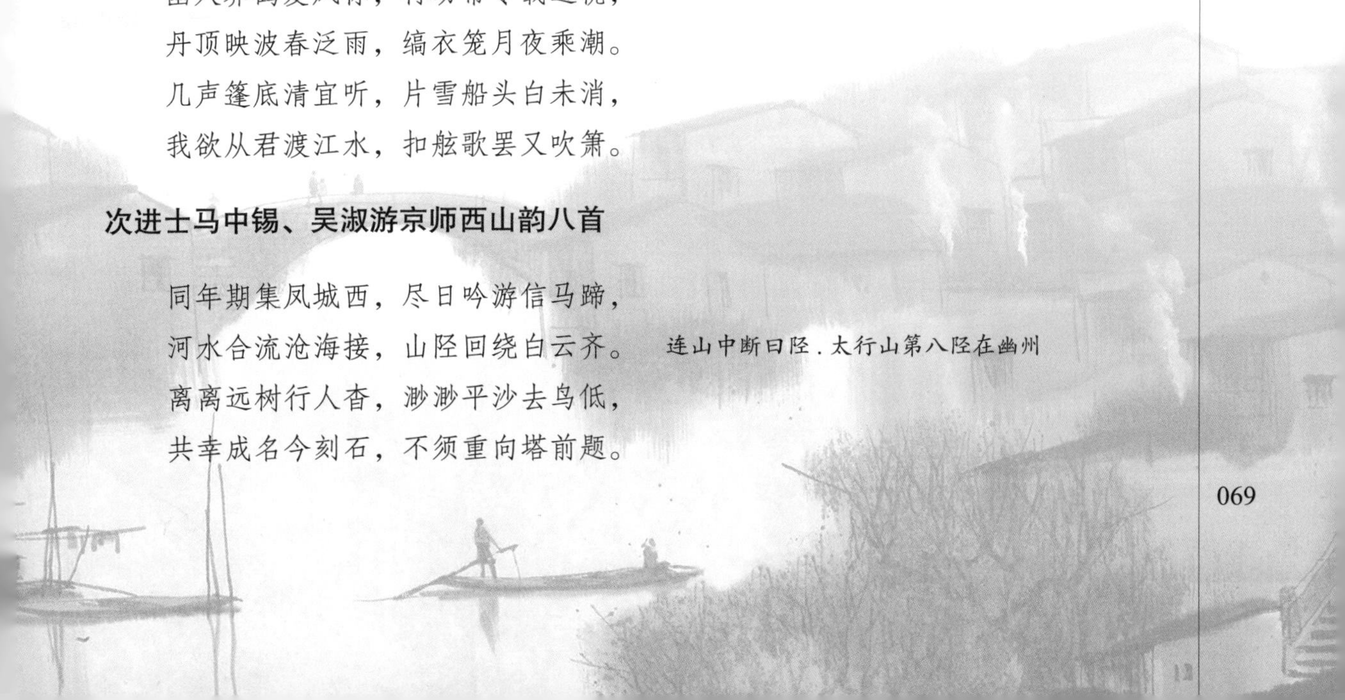

绣幰朱轮驾晓风，青山行尽见离宫，
水通河汉浮天碧，云障蓬莱映日红。
千里关城临绝塞，万家园圃灌连筒，
登高作赋忘归去，薄暮才云马首东。

访水寻山几日程，清明时节喜新晴，
太行天限幽夷域，灵物人呼大小青。
花雨霑香迷蝶梦，松风鸣籁和泉声，
九重垂拱巡游少，已废前朝避暑亭。

西山遥望日氤氲，矫矫东驰万马群，
固国已知天设险，为霖还赖石生云。
根盘巨野河流绕，势接诸陵王气殷，
闻道朋游多乐事，春风吹酒不成醺。

渺渺西湖映绿袍，相携临水试连鳌，
已教颍上居风下，未许杭州索价高。
波接玉河通御气，云流银浦见秋毫，
芙蓉万顷皆蒙泽，不信东风在杏桃。

琼林宴罢出瑶京，胜水佳山处处行，
乡使南归金帖寄，日华东上庆云横。
人间富贵春三月，天上中和乐九成，
自笑无媒林下客，白头犹未济文明。
北望居庸万仞关，重重深锁白云间，
金汤塞险都城壮，亭障乘边苑马闲。
田畯劝农春芟野，虞人校猎晓罝山，
郊行只拟观形胜，不为韶华久未还。

天风吹送上云梯，罗袜生尘草被隄，
黄榜题名双阙下，青山迎马九门西。

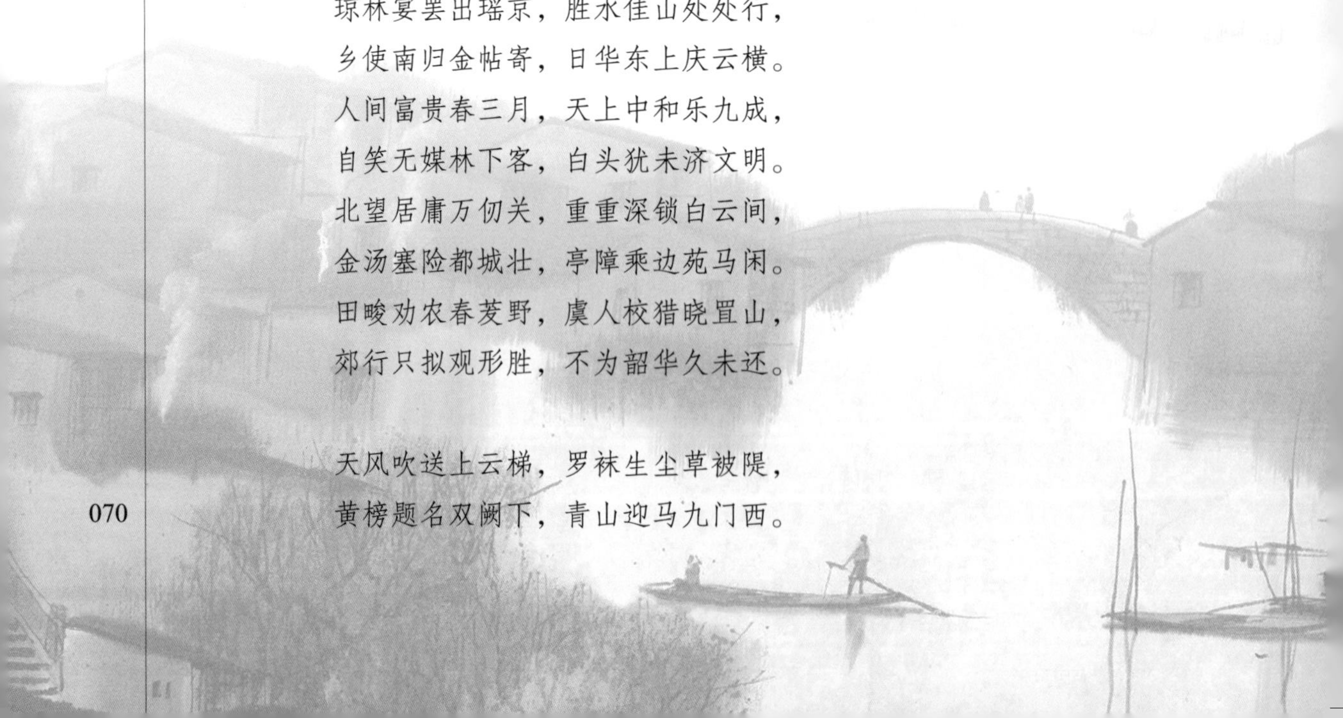

花明禁苑春初媚，柳拂宫袍绿未齐，
几度醉归更漏永，银河斜转玉绳低。

送曲主簿运粮之京　曲，登州人，将便道还乡，其人好猎

赞公新董岁漕行，舸舰乘风五两轻，
瓜步寒潮中夜落，潞河春水及时生。
禁门听漏朝天阙，归路还乡入海城，
此地从来好畋猎，臂鹰驱马少年情。

挽黄梦熊

湖山嘉遁谢尘缨，才入中年命忽倾，
旧宅一区犹令子，遗文千首付诸生。
诗名到处人争诵，墓土逢春草又萌，
后死从来未相识，闻风也自不胜情。

送张世鸿还杭州

酒尽歌停夜静时，醉看明月上花枝，
神交已恨相逢晚，老至方知送别悲。
野店闻鸡舟发早，海天零雨雁来迟，
吴山翠滴西湖水，水远山长不尽思。

送计正言

元夜烧灯送酒频，共怜明发有行人，
情知白首偏伤别，莫信青袍已误身。
归棹溯流溪路狭，东风和雨柳条新，
从今一去相逢少，梦里寻君恐未真。

和沈启南登凤凰台韵　并引

嗟予以后至金陵，不获从启南先生登斯台也，但能于诗画之间，想慕胜游恋恋而已。因赋以续貂。

春草萋萋被路生，荒台空有凤凰名，
三山二水固长在，四海一家将再鸣。
津树故迷桃叶渡，江流今避石头城，
谪仙赋后君斯和，落日浮云无限情。

送徐宪之选贡入京

朔风吹雪水流澌，岁晏逢人别更悲，
吴地民饥犹病税，洛阳年少正忧时。
徂征渐觉川途异，草对应忘刻漏迟，
自笑临岐空执手，赠君无地觅松枝。

次沈履德集古诗韵

休文孙子钱塘住，日日笙歌湖上闻，
花映酒杯邀夜月，山行衣袂湿春云。
逢人倾盖能如故，集古诗成自不群，
知我无聊远相慰，一篇直欲扫千军。

赠张太守靖之

龙去孤臣泣抱弓，平生心事有谁同，
青春甚惜居闲地，白首相逢在客中。
云气冥冥山寺晚，花时冉冉野亭空，
残衣留取休沽酒，岁暮还堪御北风。

游天界寺

有僧道成者，高皇帝命住兹寺，辞以不能参禅，上乃颁旨不许参禅。

联骑春游入化城，松风涧水自泠泠，
山门迎日诸方仰，劫火何年此地经。
故事放参僧不语，遗基犹在草长青，
西庵看竹流连久，归路冥冥暮雨零。

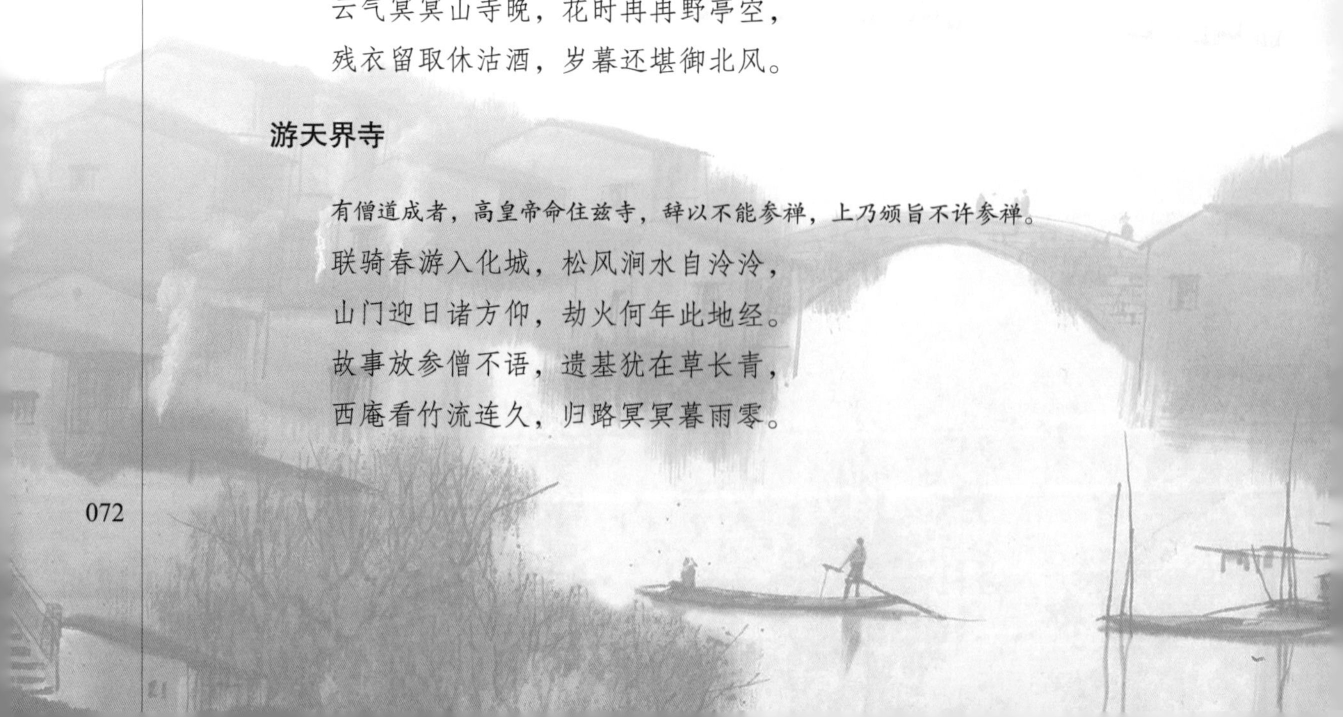

春夜同汝其通．曹颙若．吴永年宴鲁廷贵别馆

病起逢人笑口开，春江花月共追陪，
离家未远难云客，会面无多暂接杯。
浮云富贵今何在，乐事平生得几回，
正尔厌厌赏清夜，钟声又自水南来。

哭沈继南

去年曾约看山行，谁道重来隔死生，
身后未成妻子计，水流难尽父兄情。
交游屈指嗟无几，修短令人怨不平，
下马哭君斜日里，西风断雁共悲鸣。

哭完庵刘佥宪

嗟君一梦入槐宫，回首平生事已空，
阙下论刑亲上殿，河东行部旧乘骢。
湖山曾有迟来叹，朝野犹闻男退风，
年少自怜交最晚，几番挥泪夕阳中。

送俞大尹钦取御史之京

征贤诏下五云深，鸾凤齐飞入上林，
骢马候朝趋阙下，绣衣听漏立花阴。
登车素有澄清志，簪笔宁忘献纳心，
寄语行人且相避，汉廷桓典重于今。

其二

诏许推贤送上天，此行真不异登仙，
郡中岂独闻三异，囊底何曾受一钱。
已解铜章辞外补，定持霜简拜新迁，
长洲苑里甘棠树，留与吴民说往年。

许克大分教桐城，道过余家留诗，见柬赋以谢之

翰墨论交岁月赊，朱颜今已鬓成华，
两回经见曾因客，三度相过不在家。
芳草伴人吟道上，乱云随鹤渺天涯，
归来读罢留题句，搔首无言对落花。

秦淮夜泊

满地月明淮水流，帝城南畔大航头，
凿山曾费前人力，逐利今宜过客舟。
六朝旧事消磨尽，四海安生割据休，
玉树哀音已亡国，更无人在隔江讴。

与金仲和饮别，和沈启南韵

寻医兼作送春行，又遇离人问去程，
深夜欲眠还起坐，老年为别最关情。
楚云将暝吴乡杳，蜀雪初消汉水生，
北望中原应不远，可能从此驻行旌。

西郭

幽居西郭且婆娑，古屋年深老薜萝，
门对寒塘秋色早，城平斜日晚阴多。
施林罝兔时丁祭，教子明经世甲科，
除目一来须强起，野花啼鸟奈君何。

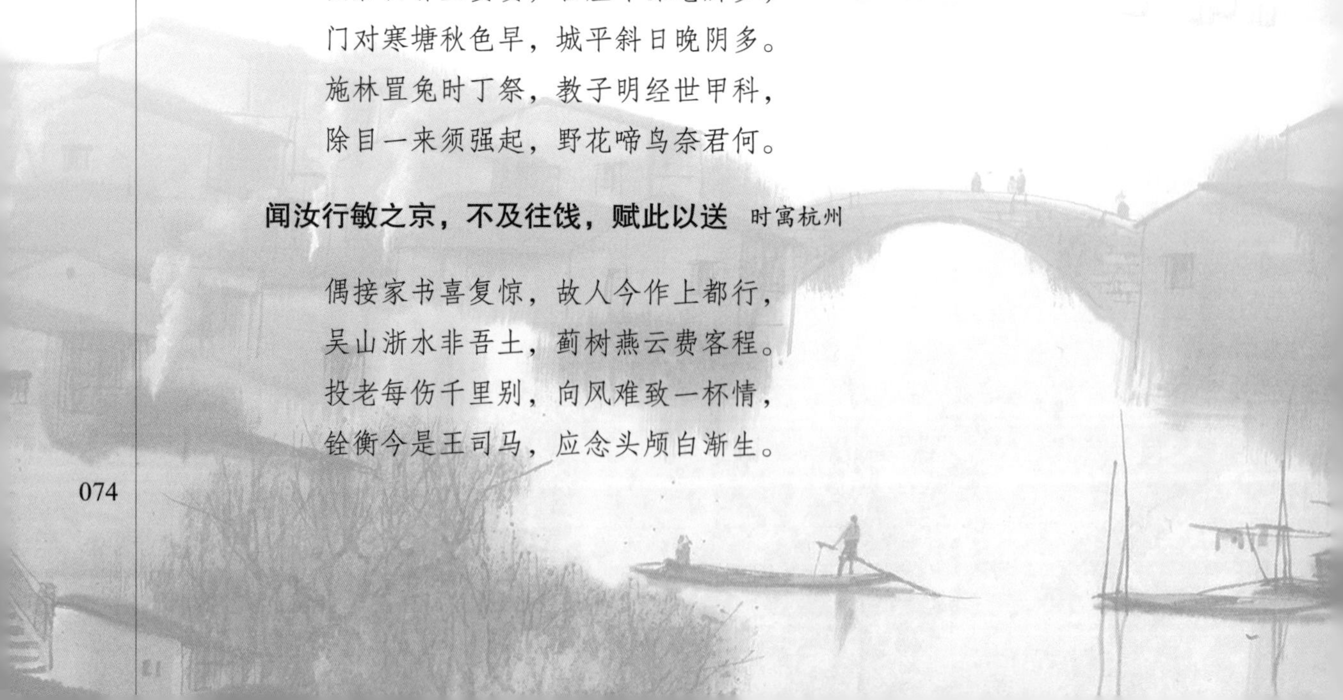

闻汝行敏之京，不及往饯，赋此以送 时寓杭州

偶接家书喜复惊，故人今作上都行，
吴山浙水非吾土，蓟树燕云费客程。
投老每伤千里别，向风难致一杯情，
铨衡今是王司马，应念头颅白渐生。

寄刘有隆

穷居久与故人违，始觉平生事尽非，
两地风波惊乍息，十年鸿雁惜分飞。
花秾野寺山行远，草绿闲门巷出稀，
令子能来慰愁寂，可堪临水送将归。

送凌汉章赴秦王之招（王号宾竹道人）

老大辞家西入秦，灞陵原上柳条新，
医和自得生斯地，扁鹊于今见后身。
设醴且陪花作友，曳裾还伴竹为宾，
一鞭已被君先著，怅望咸阳渭水春。

题扇寄阎尚温

鸿雁秋来春复回，音书两地各徘徊，
梦中不道关山远，镜里空嗟岁月催。
吴苑朋游非旧雨，秦川车毂转轻雷，
相逢驿使无相赠，聊托清风当陇梅。

登长安龙祠道院阁

函香来礼玉宸君，试上仙台日已曛，
灞上地名重此出，浙西河水又平分。
天垂螮蝀光流渚，风振琳琅响入云，
黄叶满亭秋色净，洞猿林鹤自成群。

凌天羽要游临平湖之读书堆，呈在席诸君子

无量声光已陆沉，书堆犹得住湖心，
山衔落日天将暝，人鉴寒潭水尚深。
开塞旧闻关治乱，羁游今幸与登临，
明年拟趁桃花入，只恐仙源未易寻。

又和徐肃夫原韵

蜩鸠何用羡鹏飞，自分林泉老布韦，
青鸟不传王母信，白鸥能识海翁机。
荷锄陇上躬耕出，倚杖门前数畜归，
衣食苟充吾愿足，浩歌乘月掩荆扉。

送稽挥使还长安

落花时节子规啼，中散还乡马首西，
汉苑别来为日久，秦川行到觉天低。
云程远见三春雁，关法今无半夜鸡，
不独销魂灞桥上，阖闾城外亦凄凄。

其二

行行西迈古函关，到处莺声似故山，
当代名藩推陕右，今王大雅继河间。
香凝命服趋朝罢，乐奏轩县劳使还，
戚里由来居肺腑，咨询长得侍官班。

送杨宗周归维扬

江亭酒尽客登舟，落木纷纷下未休，
南路风波偏觉险，北方裘马正宜秋。
天垂迥野山横接，潮入平川海倒流，
二十四桥行乐处，月明歌吹在层楼。

都玄敬见访夜话

跫然步履忽闻声，喜极翻成倒屣迎，
一别五年如转眼，重来信宿见交情。
溪云杳杳随流去，池月娟娟入牖明，
夜半孤灯挑欲尽，更传余爝在薪荆。

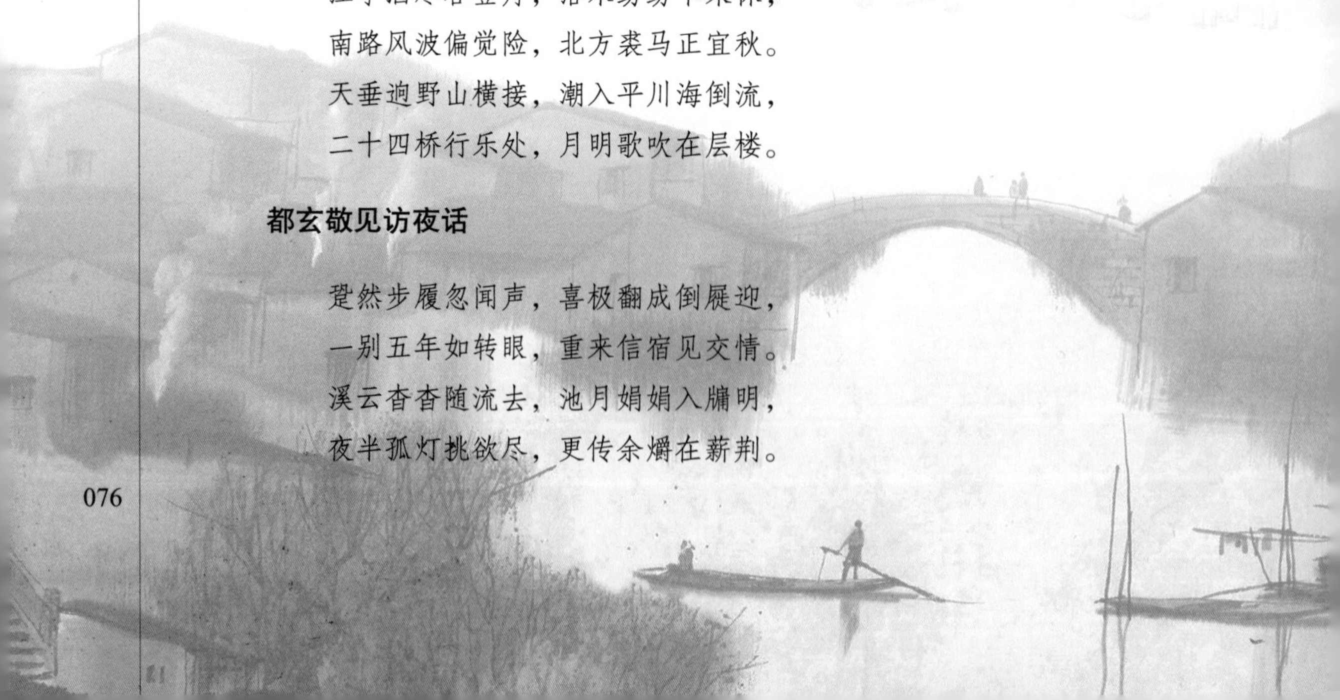

步出阊门书事

街巷泥融屐齿侵，腊藏春色未堪寻，
路逢故旧颜多改，城受冰霜剥渐深。
世自随时成变易，天应无意在晴阴，
归来独坐篷窗底，笑引春醪度越吟。

哭崔渊甫

绩学攻文岂致灾，花时无奈雨相催，
天公似欲仇斯道，山木由来寿不材。
千里霜蹄中路蹶，九霄云翼下风催，
忘年谊重今何望，泪洒青山日几回。

赠颐浩寺辨如海上人

行遍江湖老始归，故山犹有佛相依，
装轻惟贮吾徒赠，缘浅难留刺史衣。
贝叶编成看独久，昙花拈出笑曾微，
相寻欲了神交念，非是来参不二机。

从徐侍郎相度水道过吴兴，寄沈彦祥、吴汝琇

碧苕溪上暂维舟，行役匆匆不自由，
使者拟平洪水患，圣王时轸下民忧。
非才敢任求贤责，传食难忘急事羞，
目断沧洲烟树外，故人能不为时谋。

还家有作

杖策相从使者行，欲除民瘼岂求名，
言微难解旁人惑，才弱空期泽水平。
公论有时还自定，浮云于世本无营，
西风吹动归欤兴，笑对沧浪咏濯缨。

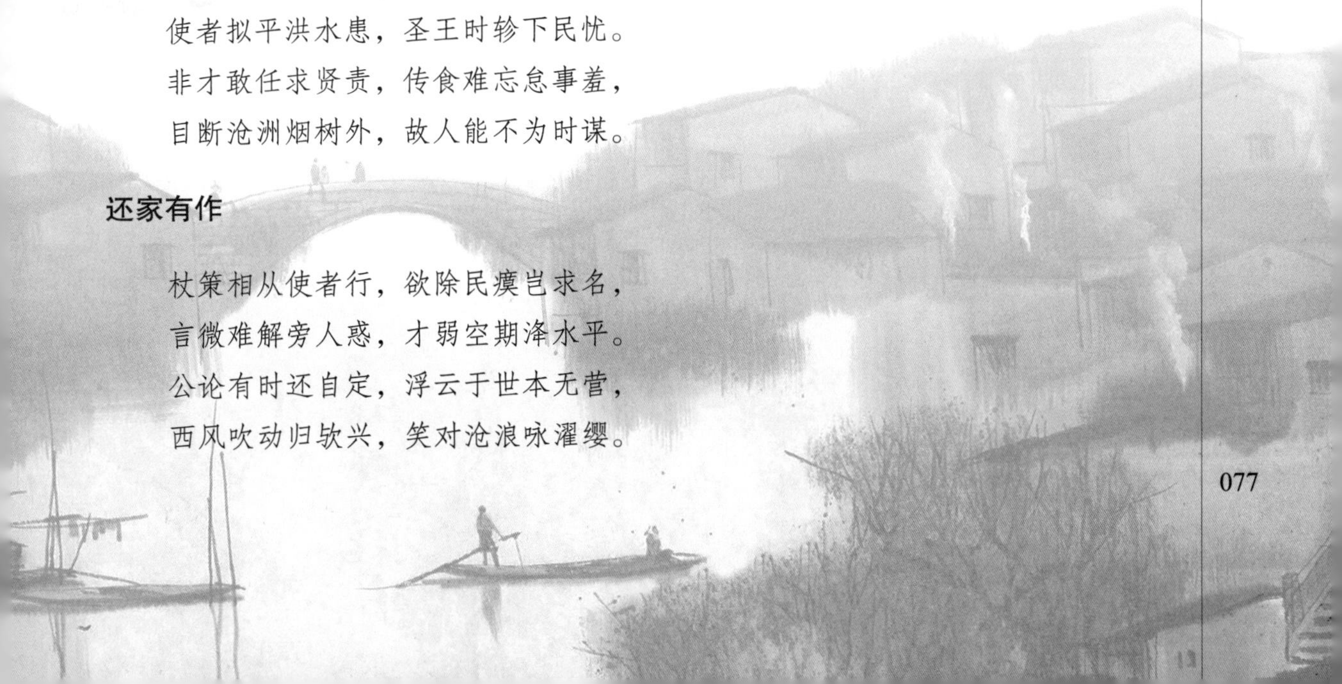

游报恩寺

只树阴阴辇路通，禅林遥在百花中，
龙宫涌出疑天造，人力装成像鬼工。
仙梵入云闻下界，宝光浮日现虚空，
长廊画壁看难遍，忽听鸣钟忆远公。

送诸立夫还杭（时闻西鄙有兵）

月斜霜冷夜乌鸣，匹马萧萧候晓行，
黄叶关河今日泪，青灯风雨故人情。
山连海岸孤城近，潮入钱塘古渡平，
闻道秦川新有警，可能谈笑去休兵。

送表兄凌太常省亲还京

彩服宁亲暂乞归，思君行复上王畿，
孤云回首频南望，旅雁逢春又北飞。
水驿月明人语静，禁门风细漏声稀，
宫中入觐天颜喜，日日含香侍琐闱。

寄陕西干布政

襄阳出守遂休兵，曾任襄阳知府，时流民作乱，讨平之
藩屏携家陕右行，
化雨又生秦地草，遗民犹住汉时城。
函关西据河山险，渭水东流日夜声，
闻道王师新定乱，时王师西征干在行间
论功应在一书生。

送沈上舍省墓复还靖州 沈，吴江人，今戍靖州

巴陵南面古沅湘，背岭孤城闭夕阳，
地接五溪蛮洞杂，水通三峡楚云长。
去时车马经来路，到日儿童问故乡，

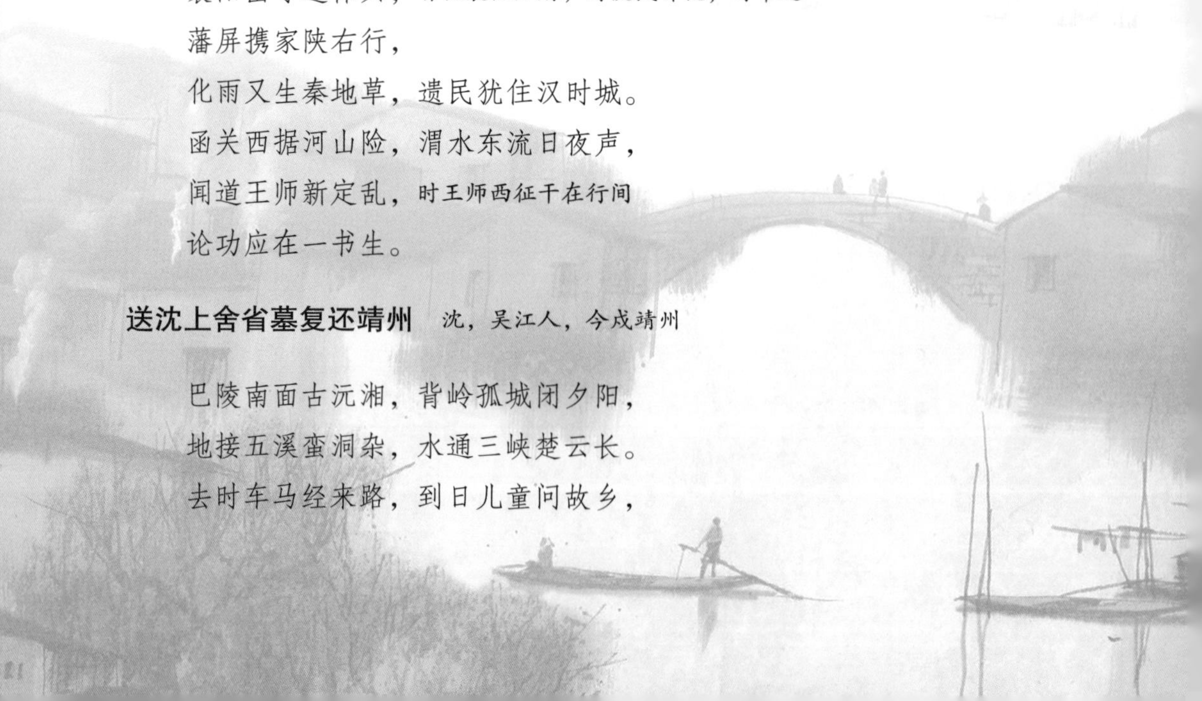

闻道元方新出战，功成相与沐恩光。时其兄以战功升千户出征广西

送中竺佑禅师还杭州

片云孤鹤共闲身，杖锡南归远问津，
山水别来频入梦，江湖行尽不逢人。
中峰古寺松枝转，东院禅房草色新，
试看西湖旧梅树，花开何似故园春。

送傅上人住杭州保俶

瓶锡随缘去入杭，湖山今已属支郎，
前朝古寺多南渡，下界空华出上方。
满地白云朝入定，孤峰片月夜焚香，
明年不负登临约，应叩禅扉借竹房。

吊内阁陈某

何事先生早盖棺，薤歌声里路人叹，
填门客散恩何在，负郭田多死亦安。
盐海已无前日利，冰山谁障旧时寒，
九原若见南阳李，为道罗生已复官。

之通州，与吴永年饮别于垂虹亭

王事驰驱赋远游，野亭杯酒为君留，
湖山有约怜同社，杨柳多情拂去舟。
花下歌声催越女，斗间精气解吴钩，
明朝两地相思处，江北江南各倚楼。

晚次吴门

扁舟晚泊古城阴，野店吴歌搅客心，
蝴蝶梦中春草远，杜鹃声里落花深。
渔灯隐隐明沙岸，江雨霏霏湿布衾，
一曲瑶琴许谁听，江湖随处有知音。

泊枫桥

千古枫桥尚有名，孤舟来泊最关情，
江村渔火愁仍对，山寺疏钟夜不鸣。
两岸帆樯春水上，万年楼阁月华明，
梦回试向篷窗听，无复乌啼绕树声。

锡山道中闻子规

行行西上竟何依，一片春帆带落晖，
归梦独随流水远，客程惟觉故人稀。
飞花小圃鹃声急，芳草平原树影微，
惆怅乡关渺何许，东风回首欲沾衣。

至京口

北上南徐舣画桡，欲将兴废问前朝，
依山城郭高低堞，近水人家早晚潮。
风到海门鸥社散，草青江路雉媒娇，
梦溪风物今何在，故垒离离细柳凋。

游鹤林寺

润州城外古招提，杖策来寻日向低，
林废不堪黄鹤怨，花空惟听杜鹃啼。
香台草长迷行迹，竹院苔深漫石题，
坐对青山无一语，出门蹊路失东西。

渡江

解缆朝离铁瓮城，倚篷偏使客心惊，
云连极浦千山绕，风转危樯五两轻。
淮甸日斜春草绿，海门潮落大江横，
兴亡尽付东流水，日夜滔滔似不平。

郭璞墓

一石巉岩似琢成，何年此地卜佳城，
衔刀自信难逃祸，撒豆徒闻可化兵。
雨过隧前无草色，月明江上有潮声，
鹊巢双树南岗路，千古人传死后名。

广陵怀古

灭项诛秦始剖符，江东千里尽封吴，
铸铜为镪山仍在，煮水成盐海未枯。
几杖未能惭赐赉，干戈何事起谋图，
到头兵败身随殒，赢得功名属亚夫。

其二

黩武穷兵未肯休，都将霸业葬扬州，
迷楼珠翠云间出，内苑笙歌月下游。
眉扫远山螺黛尽，风生流水妓航浮，
江淮欲据仍无策，引镜堪羞叹斫头。

其三

龙舟行乐到芜城，极侈何愁四海兵，
神器共传归李子，乐章先识去宫声。
凤池有水鸥常下，萤苑无人草自生，
寂寞西园明月夜，只今惟有草虫鸣。

其四

何逊能诗最有声，思梅还复到芜城，
风台徙倚看花绕，月观徬徨对影横。
粉蝶已无春晓梦，翠禽时听夜深鸣，
客愁此日醲如酒，安得寒香为解醒。

其五

北风吹雾昼昏昏，独守孤城节义存，
一剑身持惟有死，四郊兵合竟无援。
烟生睥睨焚降诏，血溅旌旗洒泪痕，
落日重游吊陈迹，买丝空欲绣平原。

其六

淮海名花世所尊，当年培植遍诸园，
玉盘盂小春光浅，金带围偏晓露繁。
卿相昔闻千古赏，子孙今见几家存，
东风扫地城南路，蔓草寒烟欲断魂。

其七

淮海维扬镇楚郊，江山环抱势岧峣，
月明十里珠帘卷，风度千门翠幙飘。
羽客腰缠思驾鹤，玉人携手教吹箫，
于今风景多萧索，原草离离野火烧。

其八

春风孤棹远经过，千古繁华逐逝波，
楚地江山今尚在，隋堤杨柳已无多。
琼花台古游仙往，芍药厅荒牧竖歌，
二十四桥明月夜，吹箫人去奈愁何。

狼山

狼山一上思依依，烟景苍茫入望微，
江水东流千里去，海天南望几人归。
云迷远树啼莺杳，麦秀平原猎骑稀，
寄语沙鸥莫相避，客怀萧索久忘机。

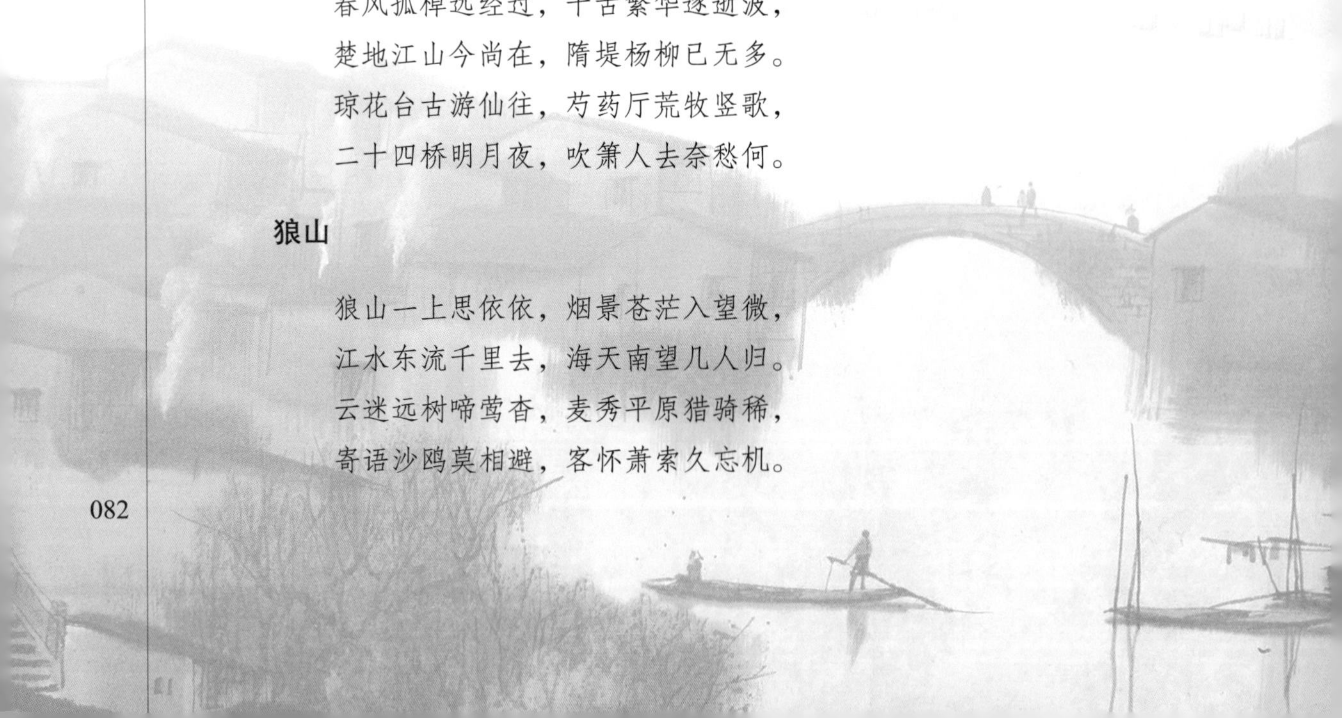

剑山

水流花落送残春，偶逐渔郎一问津，
山顶着鞭犹有迹，海滨驱石已无人。
风来野戍边声起，雨歇平原草色新，
欲觅麻姑探消息，弱流清浅几扬尘。

军山

军山东望远依依，芳草平芜客去稀，
风急海鲸吹浪过，月明神女弄珠归。
孤峰缥缈青天远，弱水茫洋白鸟微，
欲赋壮游无警句，令人重忆谢元晖。

龟田

经界分明出化工，宝龟形状俨相同，
荆州纳锡充王贡，洛水呈祥助圣功。
千岁不巢莲叶上，一秋长入稻花中，
野人共信神灵在，豚酒时来卜岁丰。

海

浩浩洋洋望欲迷，风帆无路认东西，
一丸地据中央小，万里天垂四面低。
元气淋漓浮日月，洪波汹涌起鲸鲵，
堪嗟秦汉求仙者，几望蓬莱竟莫跻。

10. 西村集卷四（五言排律）

送秋官吴禹畴

明经跻上第，分署赴南京，祖饯群公集，关河几日程，
迎亲就禄养，便道过家行，春色随车马，花枝拂旆旌，
山围京口路，潮洗石头城。志在无刑治，民思用法平，

连营知敛迹，西广避先声，乡里多寮寀，宗人更水衡，
退公时燕喜，求友感嘤鸣，愁杀闲鸥鸟，烟波冷旧盟。

松崖草堂为戴侍御赋 墓所屋也，丁父忧居此

栽松连绝巘，结宇近先茔，地据金鱼胜，天留石鼓名，
翠涛翻户牖，灵籁奏檐楹，风磴吹苍雪，芝田秀紫茎，
阶前萝茑覆，岁久茯苓生。雨露三年泪，乾坤万古情，
草香山鹿下，月冷夜乌鸣，凤翥碑文照，鸾回锡诰荣，
服除捐枕块，诏起侍承明，回首鄮湖上，云飞宰树平。

游金山寺

屹立大江头，雄跨二百州，孤峰云际出，萧寺镜中浮，
岚翠沾衣湿，泉声度竹幽，神龙行雨过，天女散花游，
风逆帆斜渡，潮回海倒流。只园春寂寂，仙梵夜悠悠，
尘起淮南市，烟生海上洲，珠光寒射月，蜃气晓成楼，
转战怀名将，凭陵失卤酋，登临动遐想，无限古今愁。

和姚公绶宴浦氏写山楼韵

地据东南胜，楼居缥缈中，使君持节过，朋从盍簪同，
感旧咸来雨，凭高欲御风，琐窗窥皓月，复道驾晴虹，
隐几皆天籁，抡才尽国工。寻盟山在近，逝景水流东，
写画成三绝，操文送五穷，报签惊漏永，下箸觉盘空，
久住忘为客，相看半是翁，酒酣挥剡楮，句隽压吴枫。
捷似奔泉骥，飘如戏海鸿，花枝赢鬓白，帘幕障尘红，
咏雅思求友，歌风念在公，流苏垂婀娜，嘉树映玲珑，
共讶才无敌，还闻剑有雄。抠衣争厕坐，闭户自编蓬，
已分鸠飞莽，遥怜凤宿桐，睹明惭爝火，效响类鸣虫，
爱士怀徐庶，传经陋马融，未能跻雁荡，徒欲倚崆峒。
俗美便肥遯，时平不尚功，且拚陶令醉，莫问许丞聋，
技痒聊赓韵，睽违阻发蒙，学书期捧砚，侍射愿持丰，
望望淮南远，驰情古桂丛。

题徐德夫池亭

临川开第宅，辟土作陂塘，葺宇荷为盖，规芳荔植墙，
大观天尽际，小碣水中央，白日寻常过，浮云聚散忙，
林霏滋鸟道，柳浪泛虹梁。曳履来鸣玉，投竿出钓璜，
游鱼闻瑟起，归鹤溯风翔，下女收遗佩，清童拾堕珰，
露香敷菡萏，雨涨浴鸳鸯，向夕尤宜月，吹箫引凤凰。

挽吴都督四十韵

文皇临御日，震怒灭残湖，
下诏求名将，惟君冠武夫，
扬旗频扈从，公由锦衣卫千户升旗手卫指挥从征，执掌宝纛
略地效驰驱，
左广兼追蓐，前茅特虑无，又升先锋
金鱼，石鼓皆浮梁山名
交绥战当户，匈奴官名
围合走单于。
马骤黄砂碎，膏涂白草枯，
穷兵逾遨濮，部落名　逐北度余吾，水名
入塞长歌凯，还京促献俘，
成功由力战，制胜仰神谟，
爵禄初行赏，山河议剖符。
丽城分甲第，报宴出宫壶，此上言其从车驾亲征，有功升赏
倭寇侵辽碣，妖尼唐赛儿煽益都，山东青州府县名
徂征连得隽，元恶尚逋诛，唐赛儿卒不获，此言其征二寇功
荆楚重防守，公凡两镇湖广　江淮更转输，公领漕运及镇淮安
登台躬讲武，鸣鼓榜衔舻。
叔子风流远，公孙政绩殊，
散金周下士，枉驾礼寒儒，
画壁悬犀甲，华裾被鹿卢，
精光腾闪爚，尘土暗糢糊，此上言其镇荆淮及领漕时之事
受命南中讨，麾军陇右趋。

瘴云披立帜，

蛮鸟避弯弧，南诏戎器状如残刃，有孔旁达。出丽水饰以金，所击无不洞。夷人宝之，月以血祭之。其王出征必双执之

铎鞘难施巧，南诏兵名，戴朱鞮鍪负犀革铜盾，而跣走险如飞言

罗苴喘未苏，其战败而走也

皐人斯授首，获丑放为奴，时思任发战败被诛

郡县斜通海，雷霆直过泸，

浪夷来铸剑，南诏有浪剑，浪人所铸又名郁刃。铸时以毒药并冶取迎跃如星者，凡十年及成，以马血淬之，以金犀饰镡首伤人即死

越睒贡调驹。越睒蛮名也，其西多荐草产善马，世称越睒骏。始生若羔，岁中纽莎靡中饮以米渖，七年可御，日驰数百里。事并见唐书，此上言其征麓川时

帝念勤劳久，才宜翊赞须，

禁垣留宿卫，督府筦机枢，

盈满常思惧，㧑谦每自图，此上言致仕之事

封章陈老病，舟檝渺江湖，

鄂渚园林旧，公旧镇鄂，鄂有第宅故归老于鄂殁遂葬焉

苹溪水石俱。鄂有苹花溪

花枝迎舞袖，香月照吹竽，此上言其任右府时事

暮景优游乐，浮生奄忽殂，

庙堂成悼惜，部曲尽惊呼，

赐葬恩偏厚，星移冢易芜，

冈形侔伏虎，公墓在伏虎山　宰树集啼乌。

惨淡悲风起，凄凉落日晡，

爪牙嗟已矣，边鄙属多虞，公以正统十一年卒，十四年也先犯边，天子蒙尘，入寇京师

往事于今异，雄心死后孤，

有知应指发，如在合捐躯，

狂客忧时泪，衣襟为尔濡。

挽礼部倪尚书谦三十韵

异才钟间气，昭代出名臣，俎豆勤为习，文章早致身，

探花年最少，中的士咸宾，抽史三长著，摛词五采新，
丰城初得剑，郢匠巧持斤。鸣佩趋丹陛，含香侍紫宸，
大官分御膳，中厩给翔麟，玉笋联班近，金莲送院频，
青宫推辅导，黄阁掌丝纶，奉使逾辽左，张旃（旜）誓海滨。
皇华明赐服，畅毂被文茵，劳赠能加敏，咨询更绝伦，
赋诗惭译史，仗节耸夷人，肃慎遥修贡，扶余悉效珍，
年劳将进秩，策免竟罹屯。朔漠兵戈老，边城睥睨春，
圣情怜久故，恩诏起沉沦，浩荡乾坤德，生全造化仁，
南宫司礼乐，北斗筦喉唇，出纳惟王命，枢机秉国钧。
小心如履薄，大议独垂绅，蚀壁俄惊月，骑箕忽在辰，
徒歌引虞殡，何处驾尻轮，嗣子停分直，交朋忆饮醇，
魂招嗟不返，兰槁尚谁纫。伊昔歆高谊，常图谒后尘，
荆州那尔识，蒿里赍吾亲，公有挽先君诗 拜惠谋通刺，闻讯泪满巾，
买丝空欲绣，絮酒奈无因，落日悲风里，哀吟寄一颦。

寿司马三原王公七十

司马今元老，升朝立要津，力能扶社稷，功足庇民人，
敭历更中外，驱驰为拊循，召公分主陕，晋盗去奔秦，
直道昭星日，危言耸缙绅。格君由正已，忧国拟忘身，
阍寺威应戢，闾阎气颇伸，才猷诚间出，寿考夐殊伦，
从欲无逾矩，行年比斫轮，洛城谋会甲，嵩岳咏生申。
瑞应衔图凤，文征系绂麟，封章求退切，优诏勉留频，
恭默思良弼，经纶仗荩臣，旧都根本地，诸将辑和辰，
选部申三命，官庖送八珍。进阶崇礼秩，强食辅精神，
眷顾方隆重，咨询合对陈，衮衣宁废补，台鼎且须亲，
燮理阴阳顺，甄陶造化仁，微躯如健在，愿与物同春。

挽林世宁 闽人号雪轩

有美邱园俊，高风表七闽，持身恒礼度，教子总儒绅。
花月寻常酒，台池上下春，甲过年在戍，木坏月临申。七月卒
地暖原无雪，轩空不见人，海山波雾惨，猿鹤怨惊频。

丹荔逢时熟，红蕉浥露新，可悲惟节物，触目转伤神。

11. 西村集卷四（七言排律）

题刘侍御奉思卷 父殁赠母存封

少日趋庭业已成，立身端不愧扬名，
乾坤共荷生全德，存殁宁忘慕爱情。
春雨秋霜行处感，冰鱼冬笋馔时烹，
贻封祢庙云章贲，锡号慈闱象服荣。
牢鼎自调陈礿祭，版舆躬御乐新晴，
羹墙有见颜如在，供养还资禄代耕。
清畏人知思济美，狱经亲问遂持平，
圣朝孝理烦公辈，比屋从今尽可旌。

和张子静送游金陵韵

匹马萧萧一剑持，出门长啸向京师，
生平不受公孙识，慷慨思酬国士知。
海内一家天地位，江东千里帝王基，
文章欲借山川助，游说羞将口舌移。
沈老著鞭殊觉早，荀君张弩未为迟，
义兴取道聊从便，溧水浮槎信亦宜。
绿树莺花堪对酒，青云轩冕本无期，
新亭流涕成何事，独立春风细咏诗。

宿灵隐禅房次刘邦彦韵

览胜行行到上方，翠微深处有禅房，
朋来薄暮还投宿，僧悟无生已坐忘。
灯火照人归别院，石台敷席对匡床，
天风洒雨沾衣湿，松影和云满地凉。
接竹引泉通绝涧，开门放月转回廊，
呼童斫笋烹春茗，拥被论诗觉夜香。

鹿女踏花依净土，鹤群警露唳层岗，
欢娱此去应须得，会合如斯不可常。
莲社逍遥将继远，兰奢称赞独输王，
闻更最苦今宵短，话旧空悲往日长。
晚节莫因些少失，浮生休著许多忙，
刘郎肯践南山约，再绊芒鞋入杳茫。

宝峰留别

宝峰西占古城边，塔殿凌空得地先，
山势群趋疑捍海，潮头高驾欲浮天。
江湖不管人兴废，陵谷多缘世变迁，
寺到南朝为盛矣，兵遭北卤遂萧然。
庄严花事凭园子，断送春光属酒船，
双鹤已随征士化，六桥犹记长公贤。
从僧借住非生客，老我登临异昔年，
松坞采花供服食，竹房闻鸟醒酣眠。
闲披芳草寻巾子，戏酌寒泉酹水仙，
琴操机锋那识道，版师风味胜参禅。
重来每感前游迹，此别仍祈后会缘，
去尽幽深动归兴，茂林斜日乱啼鹃。

送汝舍人行敏秩满还乡，复往京师

池上频年独制麻，归来两鬓未霜华，
慈亲投老承颜色，令子成材有室家。
梦绕烟花催赴阙，雪消春水送浮槎，
云开阊阖龙颜近，朝退班行雁影斜。
侍女焚香供直省，卫兵森戟候排衙，
天生贤俊为时用，休把鲈鱼到处夸。

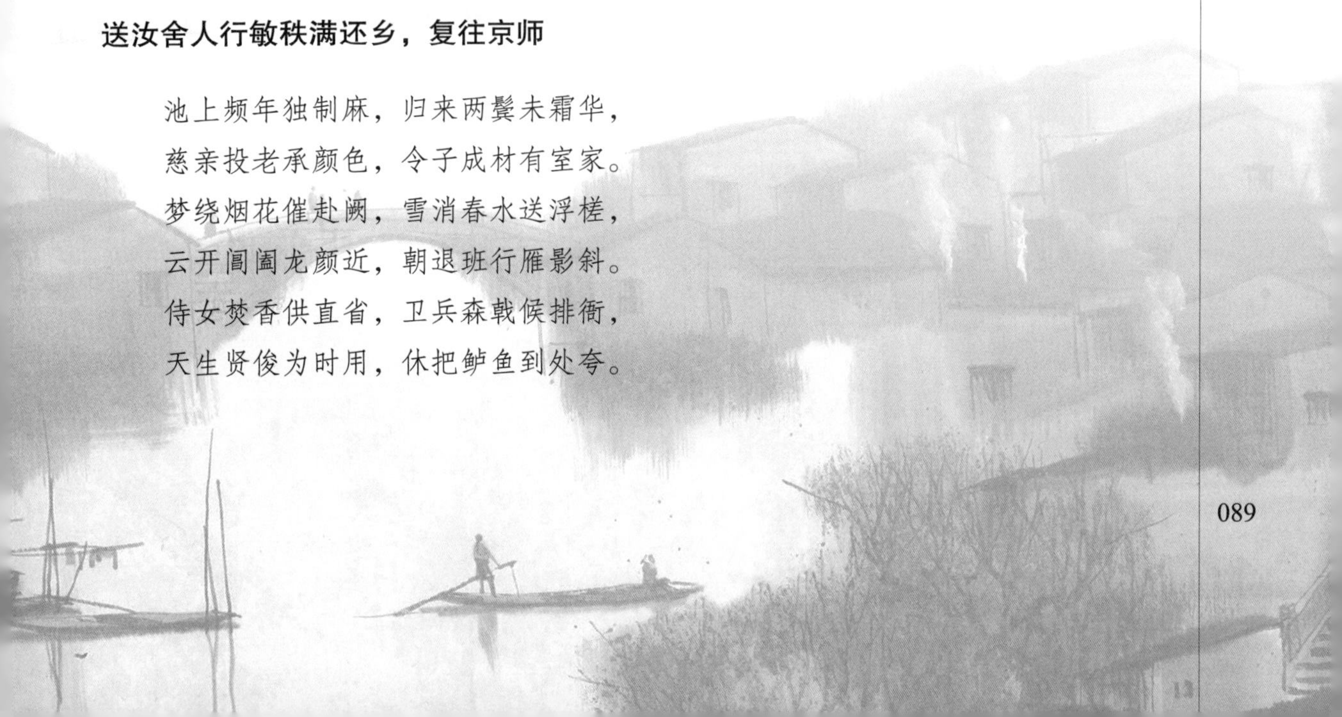

12. 西村集卷四（五言绝句）

题沈启南小画

人事有动静，山林无浅深，心虚耳长寂，应不怨鸣禽。

甘露泉

映竹借幽色，浮华流妙香，春游多热恼，暮饮得清凉。

四皓图

彼美四老翁，言为太子死，野鸡乘此飞，杀声四边起。

白头公

扰扰为形役，未衰霜满巅，幽禽无一事，头上也皤然。

听鹤山居十咏分题五首 为长洲吕廷春

迎珮桥

桥下水长绿，桥头人自行，春风忽相过，时闻环珮声。

印月池

皎皎天上月，照此池中水，运行无停机，容光亦鉴止。

款云轩

轩中多白云，霏霏日如雾，风吹散又生，更宿檐前树。

清暑处

激水四檐鸣，常如风雨声，不须秋节至，纨扇已无情。

丹霞岭

垒石疑天造，飞来小赤城，阳乌出海后，如有彩霞生。

来阳楼八咏分题四首 为僧寮本性空

栖云栋

危栋势凌空，时有浮云度，应与楼中僧，去来本无住。

凭虚槛

缥缈临虚槛，端居最上层，孤高下无地，著个看云僧。

焚香几

老僧静焚香，香烬添微爝，相对默无言，心清自闻妙。

茶烟榻

定起茶初熟，烟生风更吹，村翁欲相候，惭愧鬓成丝。

墓田八咏

右军都督府都督吴亮葬处也，在湖广武昌府。

东皋宰木

松柏何青青，下有将军墓，犹疑论功时，屏退独倚树。

南浦衡茅

眷此庐墓居，元非送行处，孝子哭其亲，乌啼天欲曙。

表柱秋风

华表揭新阡，峩峩奠荆楚，上有鹤飞归，时能作人语。

圭田春雨

膏雨既霑足，畇畇满野春，艺禾供庙祭，遗秉利农人。

镜池蟾影

鉴止不鉴流，爱此一泓净，清夜月团团，空明两相映。

芝亭秀色

芝生茉堂阴，三秀备五色，烨烨扬辉光，瑞应天中极。

狮峰积雪

岩岩狮子峰，孤坟屹相对，维昔征蛮功，象阵悉惊溃。

虎岭飞云

盘盘虎山岗，矫矫虎臣墓，嗣子望飞云，徘徊起思慕。

和沈启南题扇韵

草莽芜深谷，轮蹄竞市桥，年来人尽出，不待小山招。

湖上曲

君家湖北头，门前湖水流，水流似侬意，日夜不曾休。

前溪曲

朝饮前溪水，暮泛前溪舟，溪头有明月，照见古今愁。

懊侬曲

郎向塞北游，妾在江南住，愿为防身剑，与郎作伴去。

又

行路莫行远，看花莫看迟，花迟少颜色，路远长别离。

题竹

密叶因风扫，凉阴借月生，龙孙潜未发，应待法雷鸣。

题梅

古寺借梅看，欲去仍回首，试问优昙花，有此寒香否。

题小景送人归宜兴

家住铜官山，山亭翳修竹，主人游未归，白云满幽谷。

其二

山中多白云，栖我亭前树，日暮度前村，又与东风遇。

其三

朝下铜官去，暮向铜官归，春风被花恼，满山蝴蝶飞。

其四

归向铜官下，长歌采蕨薇，岚光霏翠雨，湿尽薜萝衣。

与宗弟正夫西湖秋泛

断岸余衰柳，轻舟泊浅沙，西陵南下路，多是野人家。

其二

湖水载歌舞，流来复流去，不知沟浍间，灌注无宁处。

题扇

高浪蹴天浮，停桡且湾泊，寄语后来人，前途风更恶。

题萱

堂背萱花好，慈亲日举觞，南风吹缓带，比叶一般长。

其二

试问萱花道，慈亲寿若何，一丛千万叶，计数未为多。

冷泉亭口号与刘邦彦别

君去我独留，持杯劝君酒，明日虎跑泉，还来看山否。

泊瓜步口号

昨夜宿江南，今朝过江北，愁听子规声，欲归归未得。

晚次丁堰

日暮青山远，春归绿树酣，壶觞不成醉，坐听野人谈。

其二

犬吠月中影，风吹衣上尘，邻船试相问，俱是未归人。

题杂画

断崖泉水落，古木野云平，独坐不知久，忽闻天籁鸣。

其二

山中雨初歇，溪水夜来长，幽禽知我闲，飞下复飞上。

其三

山光凝暮云，风来忽吹散，借问在山人，何如出山见。

其四

山云低欲流，山泉绿堪酿，高台人不游，麋鹿来亭上。

其五

坐石看流水，晚来忘却归，鸳鸯见人影，惊起一双飞。

溪月吟答吴一斋

君家韭溪上，侬家穆溪头，相思不相见，恨随溪水流。

其二

西山一何高，东海一何深，惟应天上月，得见两边心。

13. 西村集卷四（六言绝句）

即景

绿树原头浅草，青山谷口飞花，
记得南湖良夜，月明曾载琵琶。

题曹颙若扇寄顾东明

莺脰湖边旧隐，吴淞江上行舟，
借问离情何似，春波日夜长流。

晤傅上人

宝石山中看雨，冷泉亭上闻猿，
别后几场春梦，相逢又在只园。

舟中偶成

清泽庄头钓艇，奉先院里禅床，
绿树数声啼鸟，青山一抹斜阳。

其二

抱琴循水路转，曳杖看山日斜，
短屐蹑残莎草，小桥流出桃花。

其三

细草绿侵沙岸，野花红被青山，
短棹自随流去，暮禽相与诗还。

14. 西村集卷四（七言绝句）

登紫虚阁

江树离离江水平，紫虚高阁倚春晴，
仙人醉坐碧窗下，吹彻洞箫如凤鸣。

寄吴铁峰姻家 时孙曾同往谒

少相亲爱子相婚，家室咸宜更有孙，
要与外翁成宅相，莫教空羡魏阳元。

其二

头玉峣峣眉目清，认呼应自解人声，
马迁闻有新编史，异日当成子幼名。

题沈启南画

一春风雨未曾晴，入夏湖波与岸平，
独上江楼听布谷，畲田几处有人耕。

题梅

瘦影幽香蝶未知，几番愁绝五更时，
春寒昨夜新瓶冻，寄语东风为一吹。

三顾图

炎火无光汉祚微，月明乌鹊又南飞，
卧龙一起成王业，千古才知帝魏非。

桃花

呼猿洞口暮春时，吟遍桃花一万枝，
今日独看图画里，茶烟飞绕鬓丝丝。

送人游巴蜀

雪消巴蜀水初生，此日逢君买棹行，
钟邓有知烦一吊，降王犹到洛阳城。

题扇

雨过青山翠欲流，夕阳明处断虹收，
扁舟自为寻诗去，不在求鱼下钓钩。

寄友

与君倾盖二毛初，别后无由数寄书，
江上无人问消息，红庄随马射游鱼。

题范世良扇

江南旧宅已无存，义泽依然在子孙，
君去岁寒堂上看，长松几个立当门。

醉题西垛壁

西风萧萧吹客衣，黄溪道上行人归，

一声长笛起天外，白云满山霜叶飞。

十二月古中静以扇索诗

一夜西风冰塞川，敝裘羸马夕阳天，
旁人却笑犹持扇，为惜江春入暮年。

题和靖观梅

孤山山下断桥边，万树寒香雪后天，
我亦骑驴来吊古，夕阳荒冢寺门前。

许子厚扇

好山多在石湖西，草色新年绿未齐，
亭子半开修竹里，一帘春雨鹧鸪啼。

清夜游过陈湖题翁时用扇

青山隐隐暮江头，月色随波荡彩舟，
水鸟双栖忽飞去，一声横笛起中流。

题沈启南松陵别意

芙蓉秋水照双旌，冠盖纷纷出送行，
见画不堪伤往事，冷风和雨过江城。此图余曾求之启南以赠行者，后五载见于曹以明所，为题其末云。

初春题败荷鸿雁图　时方饥荒

霜落风高欲下迟，水田无食苦长饥，
上林莫道归飞早，今日江南异昔时。

偶成

一年春事已阑珊，天意应于好景悭，
落尽桃花终日雨，逢人空自说游山。

木兰花

玉色娟娟净不华，莫教零落委泥沙，
不知刳木为舟日，开过东风几度花。

题澄上人所藏竹

渭川千亩影萧萧，苦旱年来叶半凋，
见画忽然兴远思，行人应在会陵桥。时长子永锡往陕西

吴廷晖水榭

溪声到枕惊春梦，露气入帘生夜寒，
自起开门看明月，和花移过曲阑干。

题扇讽陆廷美

大田尘起桔槔鸣，望雨不来无限情，
借问金陵贵公子，此声何似搊秦筝。

题马抑之画江阁捕鱼图

水阁风多酒思凉，仙郎一曲和沧浪，
只今正是贤劳日，莫为鲈鱼恋故乡。

和答吴廷晖

竹径阴阴厚绿苔，荜门长日未曾开，
春风是处皆花柳，那得闲心去看来。

其二

一春多雨更多风，犹有残花茂草中，
纵使君来不堪赏，冷香和露泣微红。

其三

莺花长笑主人贫，尽日何曾酒入唇，

珍贶忽来勾饮兴，野亭还有一分春。

寄西杭钮进之

西湖湖上水初生，重叠青山接郡城，
记得扁舟载春酒，满身花影听啼莺。

秋日郊行

浪楫风帆不系舟，日斜横笛起中流，
山青云白江蓠绿，群雁忽鸣声带秋。

和汝舍人行敏韵

故人今在承明庐，不愧昔年行秘书，
亲随相臣侍玉陛，肯效学士焚银鱼。

其二

佩玉鸣珰居直庐，黄麻紫诰不停书，
春来中使传宣入，内苑看花更钓鱼。

寄吴禹畴

赐宴曲江归路遥，杏花如锦玉骢骄，
旁人莫讶不成醉，明日谢恩须早朝。

送顾仪宾赴石城王府花烛

银河星度月流辉，来傍天孙织锦机，
不道九霄风露冷，夜深催换紫绡衣。

其二

香车齐向内家迎，一朵宫花下殿行，
自是和鸣应钟吕，凤仪原不为箫声。

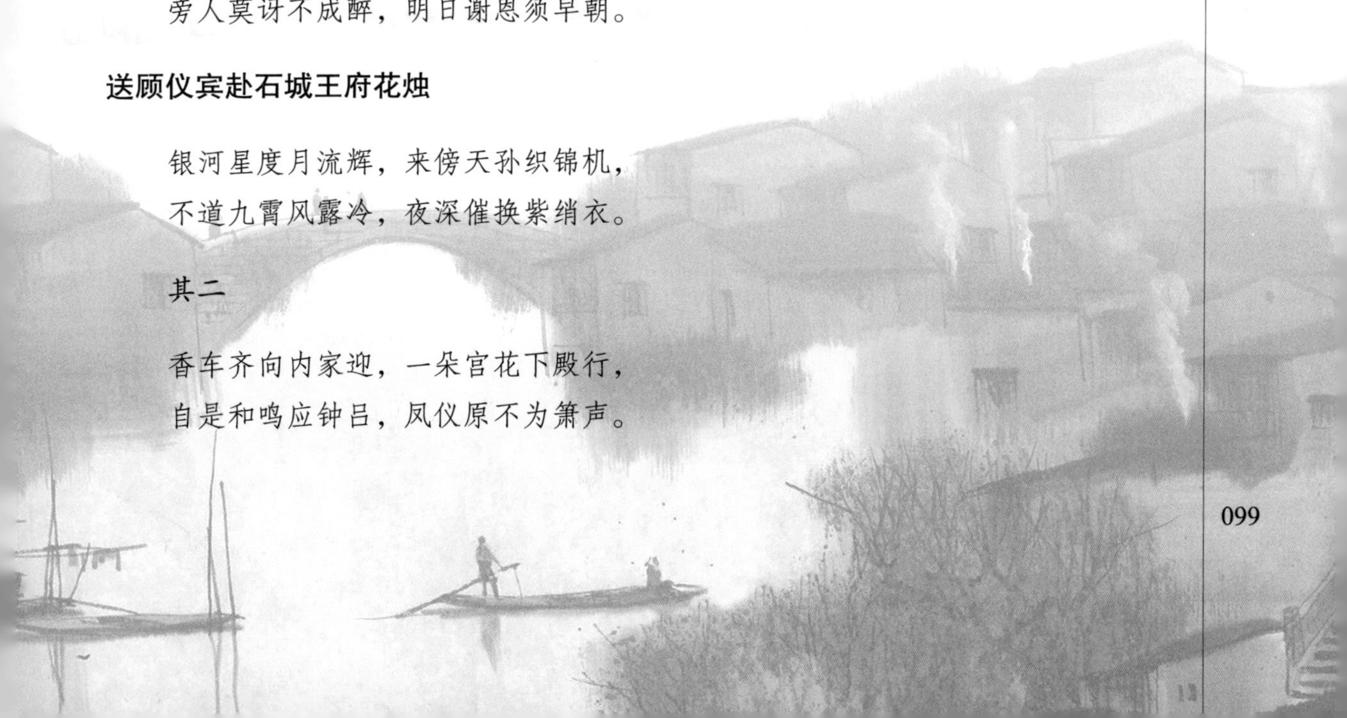

题沈启南画

营邱骨冷瘗青山，逸驾遥遥信莫攀，
近说东阳得三昧，寒林今复见人间。

题陈希夷睡图

世事纷纷类奕棋，莲花峰下睡多时，
春风引入华胥国，忘却浮生在乱离。

吴鸣翰湖上 吴为洞庭山人

红尘不到三山远，家住蓬壶镜里天，
隔浦落花双屐雨，过门流水一溪烟。

其二

多时不到南湖上，花落莺啼又一年，
有约画船同载酒，短篷春雨看鸥眠。

和题梅花

西湖湖头月满天，骑驴夜踏孤山巅，
翠禽啼断不成梦，令人苦忆罗浮山。

题梅花道人钩勒竹

协律遗踪世所珍，湖州惟用墨传神，
沙弥老去耽成癖，笔法真能到古人。

泛下港

短棹夷犹去复还，一声渔笛起空湾，
主人何事催归急，且看湖南日暮山。

观海云院百丈泉

接竹分来知几年，云房长得润枯禅，

一从学士题诗后，吴下才闻有此泉。

寄陆三瑜

柴门流水钓矶闲，梦绕天涯鬓已斑，
酒债诗逋还未了，又随人去看青山。

和张东海韵

墨花成阵醉题诗，宝带桥头客散时，
记得松陵南下路，驿楼听雨鬓丝丝。

寿萱

花开亲老百忧忘，笑对儿孙引寿觞，
不信瑶池在天上，蛾眉萧飒也成霜。

题沈启南赠尹孟容画

天水吴兴两地悬，缄诗遥作买山钱，
峰峦满纸新题遍，乔木依然在涧边。

题陶文式御史写竹寄衎公

忆昔攒眉入社中，归来三径饱清风，
东篱把酒余酣在，却写横枝寄远公。

可闲

钩帘把酒对青山，老境无求始是闲
请看春波门外水，年光流去几时还。

其二

自笑欲闲闲未得，却从忙里赋闲诗，
飞云倦鸟归栖处，此意世人多不知。

寄保叔修首座

红树绿波青黛山，笙歌日在画船间，
老僧定起浑无事，惟有长松相对闲。

和庆云祥公韵

窗外栖禽薄暝烟，吴僧相对佛灯前，
南能化后曹溪竭，何处人间复有禅。

苏堤对酒，次沈启南韵

湖上采花人未归，苏堤柳色妒春衣，
踏青儿女歌声亮，惊起鸳鸯各自飞。

其二

雨后满湖生翠苕，画船归去水迢迢，
生憎苏小坟前草，野火曾经几度烧。

断桥分手，次刘邦彦韵

日暮桥边酒棹回，更因残唱送余杯，
人生易老春光莫，能为看山几度来。

其二

近水人家半掩扉，两山楼阁尚斜晖，
断桥无数垂杨柳，总被游人折渐稀。

游武塘瓶山道院（故宋酒务也）

榷利当年满世间，弃瓶犹见积成山，
何人为起楼台住，种得长松待鹤还。

子昂兰

国香零落佩纕空，芳草青青合故宫，

谁道有人和泪写，托根无地怨东风。

悼轩公 海盐南寺

东风吹雪沁春泥，曾倩吴僧半榻栖，
惆怅重来不相见，野禽飞上曲阑啼。

刻丝牡丹

中原新尚女真黄，姚魏含羞怨夕阳，
谁挽春风上机杼，又随番使过钱塘。

塞下曲

城下黄河城外山，羌儿骑马唱歌还，
碛西亦有闲花草，莫信春光不度关。

其二

河水东流风北来，孤城画角秋生哀，
白头边将不知老，弯弓时上单于台。

游冶城山

飞龙已废前朝榜，万岁新更此地颜，
何事游人浑不解，叩门犹问冶城山。

其二

东望钟山王气生，祖龙曾此费经营，
太平天子于今应，赢得秦淮绕凤城。

题僧善权画 上有沈启南题跋

倪迂死后犹存画，权袖图成更有诗，
头白云卿重题品，董元曾是巨然师。

和三原王司马韵二首

封章频上敢怀安，鱼水君臣古亦难，
优老忽闻明诏下，考槃令咏硕人宽。

其二

临岐重拜大夫勤，望有音尘别后闻，
四海一家征戍少，太平天子正敷文。

海盐张方洲太守慰予室毁，临行赋赠

举目凄然百感侵，败垣残础烧痕深，
流莺似惜人憔悴，未及花时送好音。

其二

宿草回青柳放芽，东风随物付繁华，
旧时燕子今何处，已自衔泥过别家。

其三

催花小雨湿春衣，江海茫茫越鸟飞，
乐事赏心浑忘却，独将清泪送君归。

湖上暮归

朗月微明敛夕霏，水禽将宿未惊飞，
画船去后笙歌歇，贪看湖光缓缓归。

其二

鸭群呼去水云空，香滴苹花露气浓，
僧寺茫茫看不见，暮烟生处忽闻钟。

葵花

黄裳采采露盈盈，清挹华房沆瀣生，

汉武若先知此味，不教云表立金茎。

鹿葱

鹿葱华姜世同珍，肯谓忘忧别有真，
大抵人情重传信，辟邪元不是麒麟。

宫词

自负婵娟入内家，谁知辇下即天涯，
子夫不属平阳第，那得君王载后车。

其二

春思恹恹上黛眉，强来庭下立多时，
红颜不及闲花草，也得东风一度吹。

其三

昼永闲来水殿游，芙蓉愁寂似含羞，
花枝自与春风别，临到开时又一秋。

其四

自入深宫无出期，真成薄命底须悲，
君门一任如天远，终不从人问见时。

何克廉宅观妓

一曲清歌绕画梁，春风吹散舞衣香，
酒酣却笑苏州守，何事樽前欲断肠。

其二

彩云歌罢翠眉低，敛笑凝眸思欲迷，
春自无情欲归去，落花休怨杜鹃啼。

寄家书

千里迢迢尺素书，几回修得寄双鱼，
大江南去休迟暮，白发严亲久倚闾。

其二

握手将分更少留，渡江休得有沉浮，
莫言一纸轻如许，无限乡心与客愁。

见落花

野寺春归已惨凄，那堪一夜子规啼，
东风不道人憔悴，吹入尘途衬马蹄。

其二

风吹犹见影离离，留恋低回欲恨谁，
莫怪来看独惆怅，如今不是故园时。

分题得震泽竹枝词，送中书李舍人

洞庭西望水漫漫，浪打船头来往难，
荷叶作衣蒲作帽，只遮风雨弗遮寒。

其二

野老乘舟自打桡，闲看翡翠戏兰苕，
连山不断南津口，曲水回通底定桥。

其三

太湖一水跨三州，洞庭两山在上头，
侬意如山常日静，郎行似水去难留。

其四

合伴送郎湖水边，柳丝无力系郎船，

黄蘖作簖篱更苦，淤泥种藕别生莲。

其五

震泽雨晴添水波，郎船将发唱吴歌，
谁知三万六千顷，不及侬愁一半多。

其六

十里荷花云锦机，鸳鸯相对浴红衣，
不道采莲歌渐近，一双惊起背人飞。

其七

燕子来时雁北飞，留郎不住别郎悲，
小麦空头难见面，春蚕作茧自缠丝。

其八

风吹雨滴打荷盘，滴滴成珠碎又圆。
碎珠更有重圆日，雨落何曾再上天。

15. 西村集卷四（联句）

成化十四年十二月十六日，吴兴张渊子静，松陵史鑑明古，长洲李甡应祯、吴宽原博，颍川陈瑄廷璧入云泉庵观大石联句

岩岩者大石，（李）
奇观人所诵，遐想十年余，（吴）
来游五人共，舍舟始登陆，（张）
杖策不持鞚，是时日当夕，（史）
兹山气逾滃，入门信突兀，（李）
拾级骇空洞，落星何破碎，（吴）
灵鹫相伯仲，仰观神欲飞，（张）
俯瞰心屡恐，鳞皴苔藓剥，骨立冰雪冻。（史）
神驱道防呵，（李）

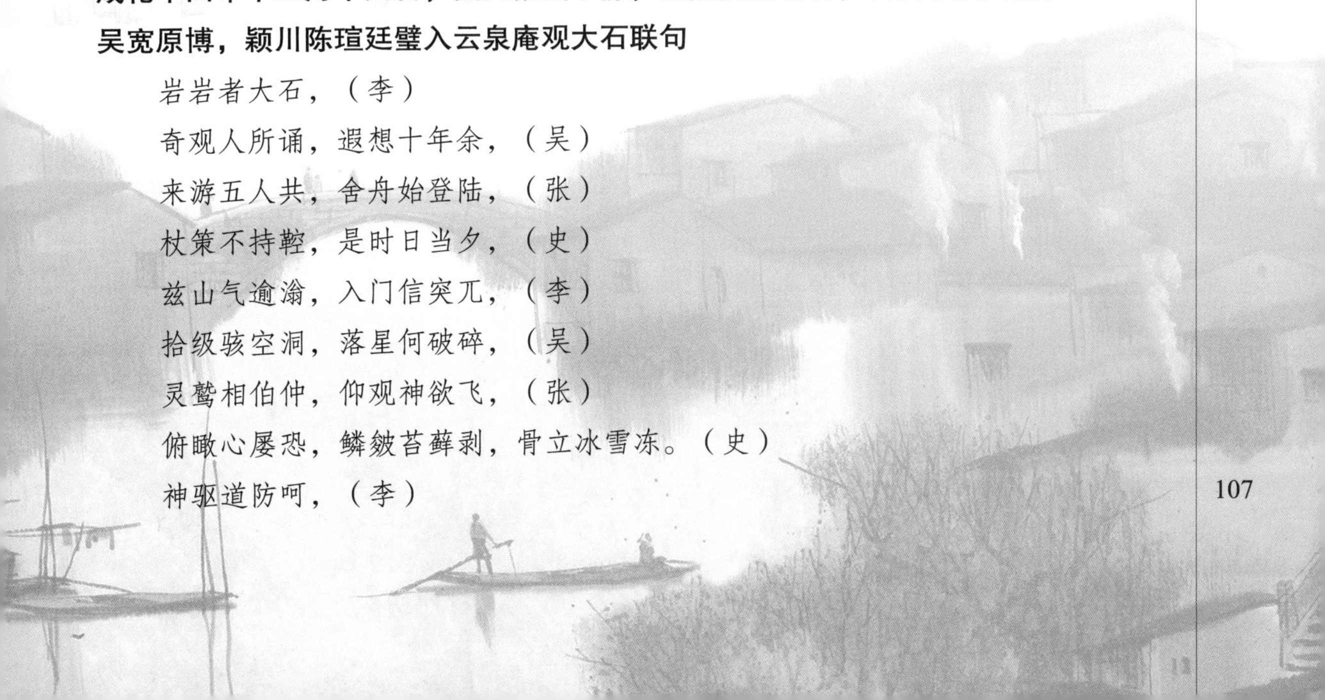

鬼劈文错纵，尊严凛君临，（吴）
张拱俨宾送，环列尽儿孙，（张）
拥护等仆从，欲假愚公移，（史）
谅非雍伯种，卧鼓慨桴亡，（李）
对臼怯杵重，猊吻呀未收，（吴）
龙鬣怒难控，凝血疑痛鞭，（张）
立肺讵冤讼，上漏还启窗，（史）
中通自成巷。（李）

大惟补天功，小可砭肌用，分矢肃慎来，（李）
浮磬泗滨贡，（张）
廉利并攒剑，兀臬侧倚瓮，峄山辱嬴秦，（吴）
艮岳遗汴宋，节彼民具瞻，（张）
壮哉客难奉，（史）
落照红抹赭，归云白流汞。僧讲点头麿，（李）
将射没羽中，尘缘契三生，（吴）
阵图怀七纵。（张）

在县太师击，攻玉诗人讽，仙煮充腹饥，俗揞免腰痛，瑶琨产维扬，（吴）
琅玕出乃雍，高题少室名，（李）
怪作东坡供，半空见玉蝙，千仞附青凤，（张）
栖禅逾百年，问僧仅三众，凭虚围曲阑，（吴）
架壑出飞栋，（史）
竹幽补堂坳，树古嵌厓缝。（李）

窦黑炊烟熏，（李）
坎平钟乳壅，盘盘栈道危，（吴）
汹汹水泉动，（张）
登顿足力疲，眺望眼界空，（史）
松露发欲濡，潭月手可弄，（吴）
穷披任生皲，（李）

醉吟微带龞，列坐对弯跧，（张）
大呼应锽碚，嗜癖牛李愚，（史）
诗战邹鲁哄，（吴）
拜奇得颠名，（陈）
忧坠成噩梦，（吴）
试与叩山灵，肯售捐薄俸。（李）

续金陵联句 有序

曹孚颙若归自南京，过予叙旧。诵其所与李职方贞伯、汝武选行敏、周院判原已，联句甚悉。诸君子皆予之故人，而南京亦予尝游。于时职方以使湖湘来归，武选、院判屡有樽俎之贶。独无赠言。何颙若得言若是之多哉！因与颙若及张渊子静、泰其通，共联一篇。诗既半，会日暮。颙若、其通，以事先别去。子静谓诗不可不成，乃与予足之。成化二十二年五月戊辰，松陵史鑑识。

长夏清无暑，（张）
幽居静不忙，对书昏欲睡，（史）
汲井渴思甞，林晚闻鸣鹊，（张）
朋来自远方，水村围绿树，（汝）
云窦引沧浪，鹤闯中门立，（曹）
荷分别浦香，飞粱虹下饮，（史）
浮岛雁低翔，路袅阑干石，（张）
池循宛转廊，古墙缘薜荔，（汝）
深洞入篔筜，雨曳三时湿，（曹）
风搴五月凉，望晴讙昼啓，（史）
冒冷感秋伤，地淖冬青谢，（张）
庭阴夜合张，燕闲雏出垒，（汝）
蜂闹蜜分房，磬折寒暄叙，（张）
盘旋剑佩跄，语音微带汉，（史）
习气半离乡，问讯公卿旧，（汝）
归寻草泽藏，鸿留泥上迹，（曹）
萤避日中光，洗拂东华土，（张）
留连北海觞，割鲜羞列豆，（汝）
舞象缀齐行，江笛吹杨柳，（史）

檐花落豫章，聊为犀首饮，（张）
莫数次公狂，杯面栖鹦鹉，（汝）
垆腰错凤凰，画图神品异，（张）
彝鼎识文详，算马壶更胜，（史）
登丰觯屡扬，工升当瑟坐，（张）
仆倦触屏僵，酒量江河窄，（史）
歌声磬筦将，轻刀霏雪鲙，（汝）
疏布琼瑶浆，�引银丝滑，（史）
盘堆火齐煌，臕膮濡芥酱，（张）
饼馅夹鹅肪，诗句联珠琲，（史）
谈锋出剑芒，冥搜深擢肾，（张）
苦索窅探肠，调古才殊窘，（史）
吟穷思忽昌，痴心角韩孟，（张）
高视下卢王，自顾山林槁，（史）
难齐省署芳，行藏同画虎，（张）
游读等亡羊，径笑终南捷，（史）
群遗冀北良，正论高阁束，（张）
安用凿坏亡，大厦谁当任，（史）
明时老不妨，乾坤随所寓，（张）
江海渺相忘，底事忧千岁，（史）
浮生梦一场，盍簪时有数，（张）
秉烛夜何长，况复抟沙散，（史）
无云好乐荒，明朝又南北，（张）
落落晓星望。（史）

与刘佥宪珏、沈启南周、沈继南召紫阳庵联句

山为春城媚，鳌峰更可观，（刘）
便当轻五老，何待觅三韩，（周）
灵气知深郁，奇形惜太剜，（史）
俯身穿石罅，侧足上厓端。（召）
岚重行衣湿，苔深步屧干，（刘）

小庵幽处缚，重殿卸边攒，（周）
日近关常暖，霞封洞不寒，（史）
梦龛仙骨蜕，木象古真刊。（召）

声宿鸣琴室，香余拜斗坛，（刘）
把芝呼白鹿，种竹引青鸾，（周）
屡憩纯阳子，时游靖长官，（史）
曲阑凭玛瑙，横管执琅玕。（召）

沆瀣非凡食，芙蓉是道冠，（刘）
龙犹围故鼎，乌解啄遗丹，（周）
逸迹追何及，长生学不难，（史）
挥杯送双目，随鹤过江干。（召）

与李太仆、吴太史、小鸿村联句赠张子静

家住小鸿村，（李）
双溪绿映门，地偏城府远，（吴）
俗俭土风敦，野烧回春色，（史）
渔矶露水痕，浮槎下秋涧，（李）
坏壁上朝暾，古雪茗相汇，（吴）
群山弁独尊，鸡埘连草屋，（史）
牛迹绕瓜园，浅箭寒收蟹，（李）
疏篱晓放豚，乡人分社饭，（吴）
邻妇借缫盆，把卷桑阴下，（史）
持杯松树根，闲常开曲径，（李）
时或过高轩，抱膝仍长啸，（吴）
披襟快一论，有书君莫上，（史）
世已厌多言。（李）

与刘廷美、沈启南、沈继南雨中泛湖联句

画船载酒入空蒙，四面湖山水墨中，（史）

系缆石留秦旧物，卖花人带宋遗风，（刘）
怕寒沙鹭低拳白，受湿汀桃浅破红，（启南）
未必晴时能胜此，笙歌莫放酒杯空。（继南）

与张子静、曹颙若夜集鸿村草堂联句

乾坤俯仰信如浮，岁月无情易白头，（张）
落魄未应明主弃，寻盟今为故人留，（曹）
廉颇老去犹能饭，李广行间竟不侯，
江海茫茫相识少，灯前乘醉看吴。（史）

16. 西村集卷四（诗余）

长相思　**无题**

花满枝蝶满枝，客舍恹恹卧病时，愁闻春鸟啼。
为相思，苦相思，相别常多相见稀，缠绵无了期。

点绛唇　**闻歌**

春夜厌厌，珠明玉莹双双见，惺憁言语，耳畔相思怨。
对酒娇歌，睍睆流莺啭，香风扇，花枝撩乱，月照秋千院。

浣溪沙　**夏夕赏莲**

绛蜡笼纱夜赏莲，碧筩擎酒吸如川，娇歌宛转杂繁弦。
急雨溅珠弹脱叶，乱砂衔石轧流泉，此时不道夜如年。
又
曲水流通濯锦红，新门移转纳香风，画舟时傍彩云中；
半夜月明歌楚调，双莲波冷泣吴宫，鸳鸯惊散各西东。

菩萨蛮　**赠妓**

柳腰清减花容瘦，眼波凝绿眉山皱。春去已多时，不堪听子规。相逢时话旧，泪湿罗衫袖。对酒莫高歌，闻歌愁更多。

忆秦娥　**登保叔寺湖光宝阁**

湖边寺，楼台旧是春游地。春游地，千花张锦，两山横翠。
西风阑槛秋无际，青山不改朱颜异。朱颜异，断桥残柳，伴人憔悴。

谒金门　**赠歌者**

春夜杳，火树满街开早。年少沈郎风度好，踏歌声更巧。袅袅余音未了，一似游丝萦绕。漏尽月斜天忽晓，彩云犹缥缈。

醉桃源　**寄刘邦彦**

北新桥下雨催诗，春归人也归，多君重约再来期。春来人未知。花扫地，笋翻泥，还家时节移。青山南望渺天涯，美人相见稀。

少年游　**题小景**

青山重叠绕回溪，空翠湿人衣，好似娇娥，晓临妆镜，石黛扫双眉。
丹枫映水如漂锦，秋色误春姿，风振华林，满空灵籁，走上小亭时。

浪淘沙　**观天魔舞**

璎珞五花冠，云鬓鬔鬖，霞衣缥带缀琅玕。玲舌轻弹天乐响，人在云端。
弓样转弯弯，左右回盘，镜光如月照孤鸾。天女散花穿队子，环佩珊珊。

玉楼春　**赏克振弟牡丹**

名花绰约东风里，占断韶华多在此，芳心一片可人怜，春色三分愁雨洗。
玉人尽日恹恹地，猛被笙歌惊破睡，起临妆镜似娇羞，近日伤春输与尔。

望江南　**阎尚温招饮湖中**

船栊处，恰是藕花洲，别处歌声刚得借，去时春色不堪留，花落水空流。
天渐晚，临去更回头，山翠远如眉黛晓，湖光疑似眼波秋，越女不胜愁。

杏花天　**寿杨经历七十一**

杏花开遍东风里，爱春色年年相似。仙翁试把朱颜比，不是等闲桃李。

借问胡麻和石髓，怎能比子孙甘旨。古来七十人能几，过了从头数起。

虞美人　**赠陆廷美**

海榴枝上啼黄鸟，好梦惊残早。起将双陆赌杨梅，只见马儿，骰子走如雷。

凉台水榭相携手，尽日酣歌酒。小娃频打子规飞，底事声声，叫道不如归。

摊破浣溪沙　**赠舞妓**

天与秾华一种奇，东风吹动小桃枝，临水愿将双佩解，是何时？

翠袖舞低明月下，紫箫声断彩云飞，多少愁怀无说处，皱双眉。

喜迁莺　**观舞料峭**

襟袖袅，髻鬟松，隐耳玉丁东。文鸳度影锦溪中，新绿荡香红。

越様腰肢娇小，一捻柳丝萦袅。瞥然披拂闹花丛，婀娜不禁风。

醉落魄　**赏宗弟正夫家紫蛱蝶**

红娇白嫩，紫绵颜色标犹胜。罗山魏府交相竞，毕竟重楼，始与斯名称。

罗帏不卷东风静，锦缠旖旎晨妆艳，六铢衣薄肌肤映，寄语娇娥，莫把阑干凭。

踏莎行　**观观音舞**

翠袖低垂，湘裙轻旋，地衣红皱弓弯倩。晓风摇曳柳丝青，春流荡漾桃花片。

矫若游龙，翩如飞燕，彩云挥霍华灯炫。海波摇月晚潮生，大家齐道观音现。

临江仙　**赠余浩**

秋水芙蓉江上饮，怜渠无限风流，红牙低按小梁州，淡云拖急雨，依约见江楼。

最是采莲人似玉，相逢并著莲舟，唱歌归去水悠悠，清砧孤馆夜，明月太湖秋。

蝶恋花　赠歌妓沈春魁

雨僝风愁春未透，卯酒微醒，频把花枝嗅。倦倚妆台垂素手，柳条妒杀腰肢瘦。

一曲娇歌人静后，圆转清和，莺啭花时候，袅袅香风传翠袖，彩云惊堕仙裙绉。

青玉案　武夷

武夷春色年年早，花满洞，天清晓。玉女峰头云缥缈，幔亭张列，群仙来下，环佩知多少。

天生九曲清溪绕，几处流来棹歌好，音韵悠扬风袅袅，舟横绝壑，岩留仙掌，知是何人巧。

风入松　会稽

会稽山水尽知名，人在镜中行。彩云暖护云门寺，东风过.吹散还生。贺监湖头草绿，谢公宿处猿鸣。

采莲越女照人明，花下只闻声，剡溪流水依然在，何人再，雪夜寻盟，许我他年来否？月明何处吹笙。

满江红　赠歌者

画舸浮空，蚤移入，锦云乡里。羡年少，点翠匀红，妒花争美。叶底鸳鸯初不见，歌声渐近才惊起。向晚来，犹自爱新妆，临秋水。

栏干曲，频徙倚，长袖举，朱唇启。觑舞娇歌艳，不胜罗绮。逗雨惊鸿飞不定，啭春黄鸟娇无比，最苦是、一霎便分离，人千里。

孤鸾　赏牡丹

天然佳丽，有倾国姿容，绝伦娇媚，万紫千红，尽在下风回避。君家去年赏胜，翠帷低，粉匀朱腻，蝶使蜂媒似织，总为余香至。

喜今年，重见旧风味，想尚怯春寒，开也还闭。无限秾华最，是露珠凝缀，只疑太真浴罢，把霓裳、羽衣新试，软玉香肌红透，倚东风酣睡。

金菊对芙蓉　**雁荡**

雁荡名山，蓉村胜境，天教妆点东瓯。有东西天柱，大小龙湫。下临沧海如无地，疑大水，昼夜常浮。笔峰长卓，石旂犹展，万古千秋。

何日拂袖南游，任穷探极览，未肯回头。直除非跨鹤东访瀛洲。海波清浅扬尘起，等闲见，石屋添筹。此时方始，归来尽弃，敝了貂裘。

玉蝴蝶　**赠歌妓解愁儿**

天与多娇好似，春初杨柳，雨洗风揉。披拂闹花，深处绿怨红羞。远山横、修眉颦翠，江水净、娇眼凝秋，尽风流、新翻料峭，斜抱箜篌。

休论石城佳丽，卢家女子，往事悠悠。倩将愁解，多应解后转添愁。向空江、肯捐珠佩，思远道、欲采芳洲。倚危楼、云中江树、天际归舟。

百字令　**刘邦彦招饮竹东馆赏桂花**

竹东庄上，记当年春尽，归舟曾歇莫，雨和风催客去，猛地作时还辍小馆，茶香行厨酒尽，执手难为别，归家南望，寸肠几度千结。

谁道买棹重游，主人情重，罇俎依前设，桂树团香，纤月露，渐近中秋时节，试问姮娥，今年才子谁把高枝折。夜深无语，霏霏满地金屑。

赠妓　有序，妓名玉兰

玉兰奇花也，予尝于浙藩之紫薇楼前见之，或者名之。岂将取标韵耶，而赋咏者皆岐而为二，表而证之。

紫薇楼下，记持觞醉把名花相酹。爱尔玉兰名字好，况乃色香幽，媚娟净无瑕，清芬离俗。临去犹凝睇。时移事换，梦中频见佳丽。

谁道买笑吴门，美人携手，俨与花相似，气味风标无两样。疑是花神游戏，娇啭歌喉。明珠一串，散落金盘脆。曲终凝望，碧云犹在天际。

木兰花慢　**渔隐**

年来多水旱苦，耕稼久无收，且觅取纶竿，寻将钩线，走上渔舟，满前山青水，绿似生绡，画采漾中流。风起停槎古渡，月明鼓枻沧洲。

桐江千古水悠悠，何处觅羊裘，但钓得鱼来沽将酒，去痛饮，为谋醉来。

幕天席地，把箬衣盖了卧船头，要识其中乐趣，除非请问沙鸥。

水龙吟　**钱塘**

钱塘自古繁华，忆去年一春游遍，山明水丽。花娇柳娜，流莺百啭，满路笙歌，几船箫鼓，往来游宴，正晚来堪赏。酒阑人散，有明月，相留恋。

别后事多更变，怅重游，可怜无便。人面已非，桃花依旧，刘郎不见。光景星飞，风流云散，闷怀谁遣。叹人生不向，少年行乐，老来空羡。

解连环　**送别**

销魂时候，正落花成阵，可人分手。纵临别，重订佳期，恐软语无凭，盛欢难又。雨外春山，会人意，与眉交皱。望行舟渐隐，恨杀当年，手栽杨柳。

别离事人生常，有底何须为，著成个消瘦。但若是下情长，便海角天涯，等是相守。潮水西流，肯寄我，鲤鱼双否。倘明岁，来游灯市，为侬沽酒。

贺新郎　**天台**

闻道天台路，洞门深，瑶草长青，桃花无数。仙子云鬟低欲堕，倚石迷花凝伫。忆刘阮，当年曾遇。雾帐云房深几许，梦魂中，不管流年度，缘分浅，又归去。

于今路断无寻处，惟旧时，华顶依然，霞城如故。古寺石桥风雨响，泻下半天瀑布。有头白老僧常住，世上名山能有几，强登临，莫待青春暮，婚嫁毕，听分付。

兰陵王　**与张子静、李贞伯、朱岐凤、汝其通赏芍药**

曲池北，红叶盈盈半拆。伤春重，情惹思牵，困倚东风倦无力。无言自脉脉，恨杀春归似客。斜阳里，勾蝶引蜂，应怅东君送行色。

维扬旧踪迹，有围带欺黄，盘盂妒白，倾城寻赏驰油壁。嗟物与时忤，世随人换。而今名胜久寂寂，受多少凄恻。

堪惜易狼藉，且露饮花前，醉卧花侧，夜深花露沾衣湿。便日下登对，省中轮直，当阶翻处，料此会，须记忆。

瑞龙吟　水月观赏牡丹

春消息，开遍红紫芳菲，粉香狼藉。悭留倾国名花，那般富贵，真成第一。自矜惜，如个美人初觉，染香匀色。清晨卯酒微酣，怨红啼素，重重晕积。

天宝君王妃子，妒妍争宠，沉香亭北。欢赏未终渔阳，鼙鼓声急。清平古调，惟有天仙笔。谁知道，张油命酒，按花评格，也许吾侪得。晚来小雨，催花坼。转觉娇无力，风露下，偏生横斜攲仄。倩人扶起，载倾余沥。

哨遍　端午日饮都茉敬于豫章堂

梅雨弄晴，梧叶生阴，深苑榴花吐，见钗头，齐缀赤灵符，恰又经一番重午。君听取，斜阳竹西歌吹，分明不是扬州路。

信彼此无殊，古今不异，逢场自足欢娱。但未能免俗与人俱，也试举芳樽泛菖蒲，艾虎悬门，彩丝缠臂，尚传荆楚。

吁，满地江湖。龙舟竞渡晓喧譁。相习成故事，骚魂此日知夫。觑水马争驰，锦标平插，浪华卷雪轰旗鼓，幸得隽归来，拈华弄酒，向人夸笑矜舞。

有谁解屈子怀沙故，眷宗国难忘心独苦。想曾怀，琼粻椒糈，浮游蝉脱应笑，世俗沉菰黍，是非非是都休评论。聊且长歌吊古，阆风县圃渺苍梧。望夫君，弭节何所。

十六、史永龄（生卒年不详），史鑑次子。明正德二年(1507年)拔贡生，授翰林院待诏。娶沈周的三女儿沈素瑛为妻。

自题松丘

千尺长松手自栽，青青轩外净尘埃，
龙掀暮雨疑飞去，鹤唳秋空欲下来。
风月且为诗酒伴，乾坤未老栋梁材，
乞闲我欲云边卧，应有清阴扫不开。

十七、史鹏生（生卒年不详），字元晖，史氏第四十七世。明嘉靖十九年（1540年）庚子武举人。嘉靖三十三年，倭寇三犯黄家溪村，史鹏生率家人力战，射死倭寇2人。后入总制胡宗宪幕府，赞划御寇，事平授功，授吴淞水师游击（正三品），力辞而归，以诗酒自娱。

小雅堂大椿

堂构几百年，双椿共时植，
种树人已杳，遗芳尚可式。

访流波馆遗址

临水无钓台，涉水无钓艇，
止持三尺竿，坐向流波等。

睡龙湾

旷漾有一曲，传是睡龙湾，
只余千载恨，南渡不曾还。

十八、史羊生(生卒年不详)，明万历初岁贡生，字玄年，史氏第四十七世。九岁能文，督学者奇之，补弟子员。其博览群书，靡不窥其奥旨。后值家难，迁居苏州葑门。究心岐黄之术，暇则觞咏寄志。

无题 秋杪至黄溪，闾里萧条，风物惨淡，惟小雅堂大椿及祖茔豫章存焉，感赋

秋风萧飒振长裾，落日扁舟抵敝庐。
谁谓故家消歇尽，独留乔木记村墟。

十九、吕纯如（生卒年不详），明吴江（今江苏苏州）北厍人。字孟谐，一字益轩，号石湖居士。万历二十九年（1601 年）进士。历任福建龙溪、河南偃师知县，调洛阳令，历迁福建漳州知府、佥事、参议。四十三年起为福建副使，调山西提学副使。四十六年致仕。泰昌元年（1620 年）起升光禄寺少卿。后进顺天府丞，迁太常卿。五年授右佥都御史巡抚山东，赈䘏历城等十二州县灾民。六年升兵部右侍郎，改添设左侍郎。崇祯元年（1628 年）署部事，力荐袁崇焕复出辽东，迁协理戎政兵部尚书，被劾罢，二年列入阉党逆案。六年被荐未用，后病卒。工诗文，精文史，尚经世实用之学。曾纂

修《岱史》。著有《学古适用篇》。

读《致身录》有感漫赋

闻说黄溪太史宅，六龙曾坠五云车。
妻子仓皇送麦饭，老臣长跪进衣鞋。
万里江山装携头，出门不敢长吁嗟。
谁为阿师谁行者，今日山阪明水涯。
尽将名姓敛空寂，独出心肝相蔽遮。
累昔游魂何所向，碧鸡金马赤城霞。
辛苦间关二十年，有司诘责时相加。
不死瘴乡死犴狴，忠魂犹是逐官家。
当时饶有风云客，回面曲舌趋瑶华。
又有一种激烈人，裁腰断颈争参差。
丈夫所殉节舆名，一时轰烈尽足嘉。
独有从亡为所难，迄今谈虎令人讶。
只手誓扶半边日，双睛认定一袈裟。
遥来解经圣恩宽，光明犹未照幽遐。
幸留半藁在人间，子孙秘之不敢夸。
汪洋独有黄溪水，时时光怪惊龙蛇。
终叹鬼神呵护力，流传今始芬人牙。

第五部分

清代辑选

一、潘一桂（1620—1687年），字无隐，一字木公，清初著名诗人。

黄溪

数家鸡犬旧山庄，滟滟溪光上短墙，
安得兰桡深载酒，闲从花底自鸣榔。

黄溪故庐怅然有作

野日荒荒老雁飞，清溪白石引荆扉，
可怜岁暮并州客，对着家山未是归。

过旧庐

即看春树乱春波，千里归心一鸟过，
老屋溪南松菊花，十年风雨泪痕多。

冬日二首

数椽茅屋闭寒烟，奄有缇缃聚碧笺，
烟烬竹炉朝兀兀，窗明风雪夜娟娟。
抱愁历落弹长铗，语恨分明泣小弦，
贫境御冬须点缀，简书新得务农篇。

寂寞江干深寄迹，一巢无计拙于鸠，
履如东郭笑何病，赋似长卿贫不忧。

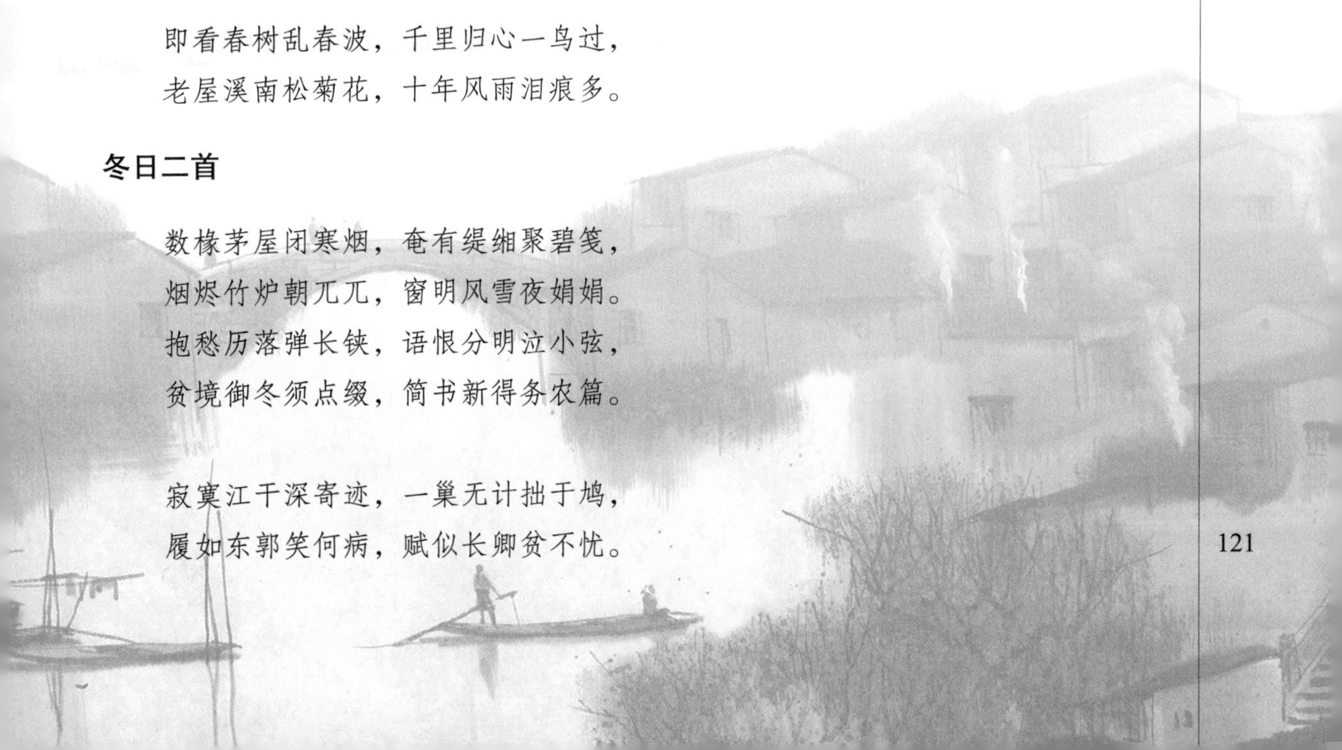

白景驱愁催短发，归鸿衔梦下寒流，
何时小筑菟裘地，著在苍山碧水头。

送钱受之宫詹北上

垂拱开三极，除残正六符，衮衣光有赫，玉瓒德无渝。
尺木阶天泽，锋车蹑斗枢，彤云明紫气，芝简粲黄图。
礼乐文千古，刚柔望万夫，善宜居帝右，圣不废臣吁。
动静天人合，明良殿陛孚，璇霄高太乙，玉烛丽金铺。
岳牧存开济，江灵候步趋，此时仪善类，自昔仰真儒。

土堠

风阔日色薄，尘生游子颜，白杨衰满道，人影不曾闲。
穷目尽千里，过淮无一山，路傍惟土堠，残戍马蹄间。

龙潭道中

叠嶂深藏日，连蜂共隐天，小舟如雁许，历历下江天。

幽人

山色自满幽人扉，疏窗晴日净晖晖，
避人一鸟踏枝去，遂有落花无数飞。

遥闻姬人作歌

满溪烟雨白鸥间，莫莫鱼罾占一湾，
几缕清歌云外出，吴姬分月荡舟还。

大店驿

一身随物役，迢递涉关河，草市悬羁靮，山风冷鞞商。
饿鹰褰食去，田鼠掠人过，常慕孤游乐，今宵涕泪多。

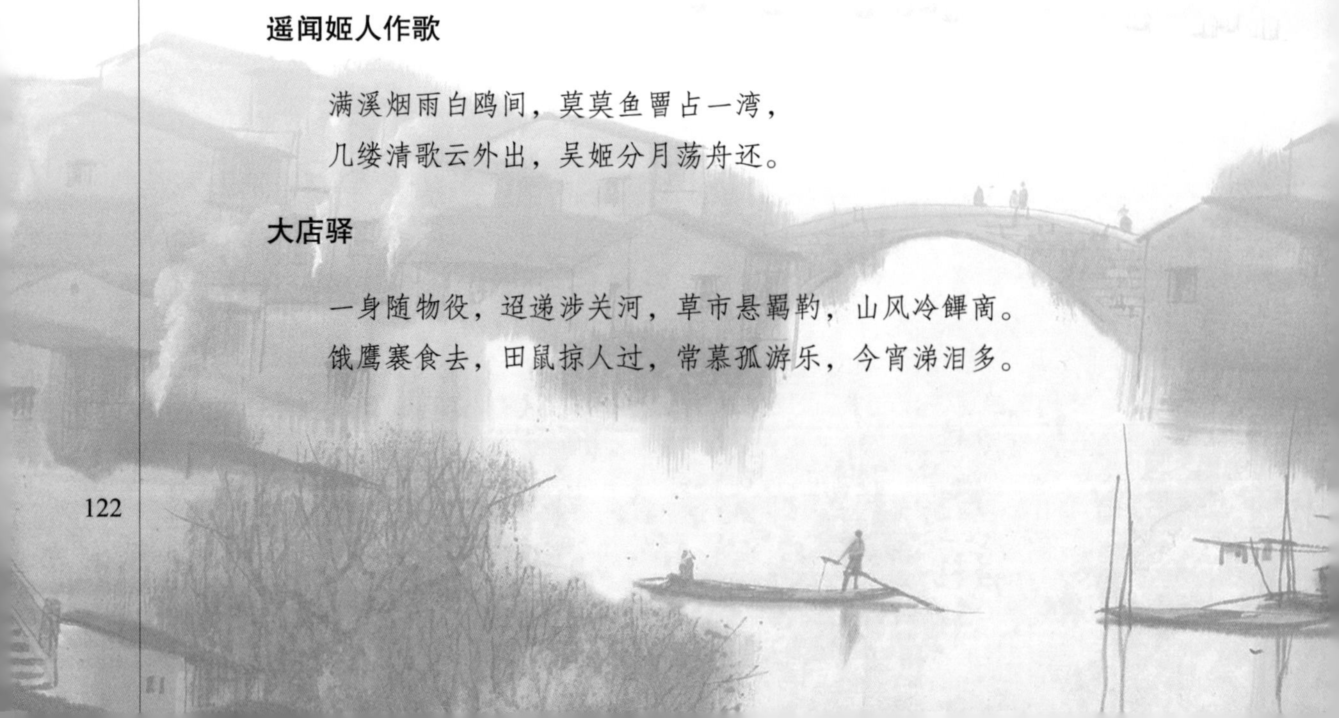

二、卜舜年（1613—1644 年），字孟硕，吴江（今江苏苏州）人。

壬子春日风雨作图赠史义维深居

紫山一片树千章，白屋数间书万卷，
长欲与君谈元元，恰嫌途路多远远。
路途昏黑不见天，亦似早兮亦似晚，
聊以一幅悬壁头，代言努力加餐饭。

赠侄倩汤将军

昨夜五星攒北斗，朝来印系将军肘，
我家娇客气如虹，勇略不数汤国公。
外家兵书从幼习，久矣江东无老熊，
三吴不比九大镇，人民宴乐皆高枕。

三、俞南史（生卒年不详），吴江（今江苏苏州）人。字无殊，自号鹿床山人、安期子。清顺治四年（1647 年）避居玄墓青芝坞，

过黄溪

碧水烟开引绿杨，千门相照列成行，
卖鱼人带歌声近，响梵林传暮色凉。
日日远劳行旅客，家家夜苦络丝娘，
当年高士幽栖处，余亦埋名过此乡。

游元墓因礼三峰禅师塔院

暮春招我友，轻帆远相属，溪尽未即登，舍舟遂遵陆。
憩荫稍迟留，一览契遐瞩，钟声杳霭间，流映春山绿。
径僻步纡回，空香沾草木，绀宇插松颠，花宫掩深曲。
入门器钵严，瞻礼威仪肃，高下随所构，长廊递相续。
水色湛虚明，幽林隐清馥，惜哉创者难，遗影空堂宿。

静念有余思，踌蹰下山麓。

过顾茂伦村居

境以居人重，情因遇故深，酌泉偏爱淡，看竹共分阴。
草木山中历，桑麻世外心，闲吟忘永夜，明月照披襟。

怀徐元叹

树暗川原渌，闲堂画已阴，我愁一水阔，君又万山深。
远树芳兰渚，空思薜荔吟，名高身不出，花下且弹琴。

四、张霦（生卒年不详），明末至清康熙时长洲（今江苏苏州）人，字锦含，号大纯子。有《香圃诗钞》四卷。

黄家溪

几曲陂塘胜，垂杨去路赊，烟云开五屿，机杼足千家。
小鸟鸣深树，轻凫浴浅沙，片帆何处泊，红日又西斜。

五、史在柱（生卒年不详）

黄溪竹枝祠

阿蛮小小已多姿，十岁能牵机上丝，
漫揭轻裙上楼去，试看侬撷好花枝。
郎起金梭妾起花，丝丝杂杂著人夸，
无端北客嫌轻去，贱煞吴绫等苎麻。

过喻指庵

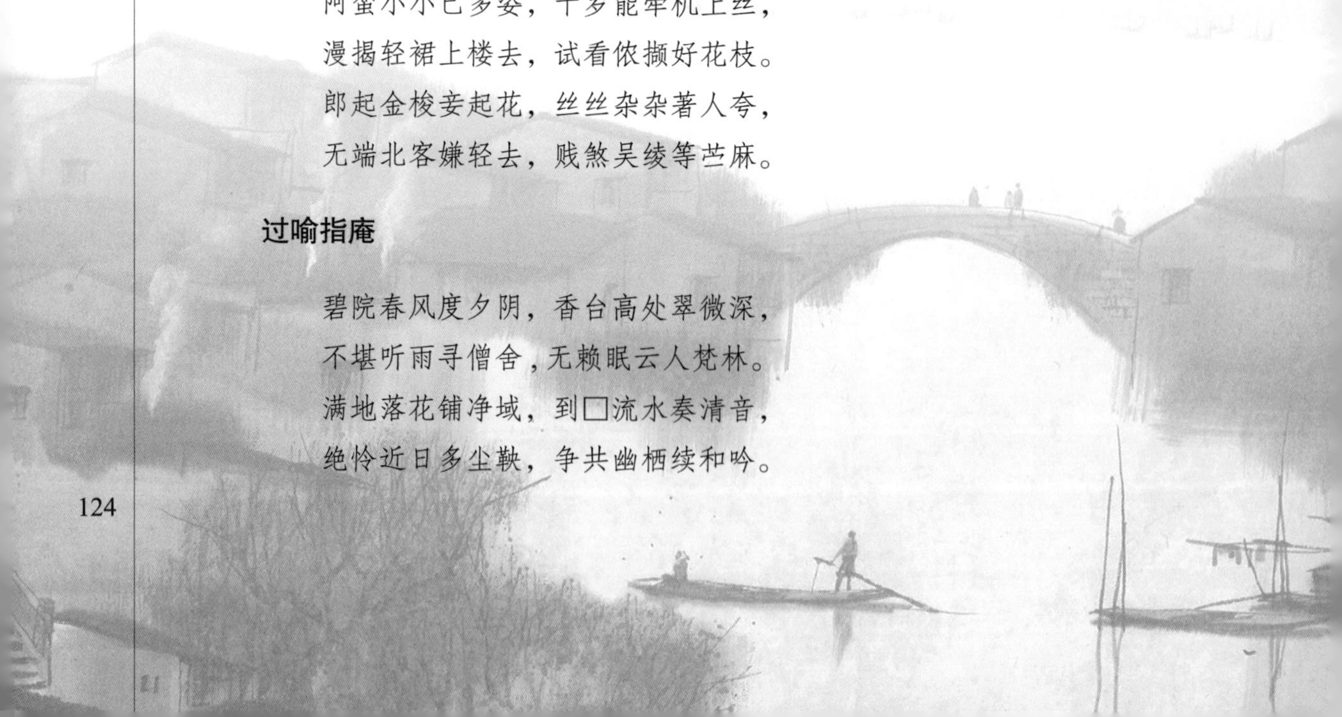

碧院春风度夕阴，香台高处翠微深，
不堪听雨寻僧舍，无赖眠云人梵林。
满地落花铺净域，到□流水奏清音，
绝怜近日多尘鞅，争共幽栖续和吟。

六、钱守中（生卒年不详）

过喻指庵

无限烟花款竹扉，春风杨柳故依依，
呼童沽酒寻村店，挽友联吟入翠微。
消尽凡心无滞迹，弹余雅操有清机，
遐观矫首云窗外，争奈飞红乱扑衣。

七、金源琦（生卒年不详）

游睡龙庵

碧水盈盈芦荻秋，偶来禅室作清游，
南朝驻跸今何在，斜日西风引客愁。

前题和韵

寂寂禅关昼掩扉，偶来习静漫皈依，
同声相应呼将伯，久客怀归赋式微。
花柳芳菲尘外景，鸢鱼飞跃道中机，
君诗子和浑闲事，僧自裁云补衲衣。

八、张日华（生卒年不详）

黄溪观社

缓缓年光因闰别，五月和薰似春节，
青秧出水未可插，村人作社彩楼结。
迩者吴民望幸虔，翠华亲览稠户烟，
新赋赐减旧悉免，庆赛不忧无社钱。
四乡闻者于于至，歌声非檄召何驶，
幸逢八字最昌期，不妨一日追欢恣。

青畴踏足广场开，人同聚蚁庶矣哉，
虽有善计安知数，但看投足难挤排。
由来胜事多烦冗，此时纪律谁能董，
疲肩畏压山时颓，健拳肆暴海忽汹。
环桥听讲如堵墙，未若争先恐不详，
天生尔形安得齐，侏儒自短曹交长。
饼师果贩成游徼，蟓蚋善钻无孔窍，
不须更听楼上歌，千部鼓吹蛙响闹。
我本爱闲长闭门，人言此会为君恩，
顶香宜预无疆祝，扶杖何辞一出村。
鲁蜡如狂圣所恕，芳郊胜赏欣相遇，
九耕三蓄尔当知，但可一为难可屡。
急管繁弦送晚风，夕阳人影忽然空，
雨来千耦明朝出，依旧吴歈遍野中。

舟经八角荡作

摇橹白衣名长年，绿荷冲橹叶田田，
将身狎浪沿洄去，载客吟诗自在眠。
八角湖深经雨集，两峰云起似潮颠，
眼前便有神仙意，一半桑田可过船。

九日上界观登高，因过王氏草堂

半醉登高伴倡扶，凭空西阁眺东吴，
三山入海寒涛远，双阙呈云落日孤。
莫叹秋风新鹤鬓，即看仙观断龟趺，
何人采菊要归路，更被王宏劝玉壶。

东庵鸡冠次壁间，韵此己丑年诗

抱瓮闲僧灌碧溪，东庵秋圃报溪西，
万人赏等优昙钵，五色裁成彩帻鸡。
鹿女献花奇莫并，金乌散影艳初齐，

壁间千首飞鸣势，直使无声亦解啼。

哭陆美斯表弟

汉上机忘出性天，平生我道直如弦，
隐沦世有韩康伯，慷慨人怀鲁仲连。
忽叹藏舟辞夜壑，空徐朗月照虚道，
应心悲泪临风落，衰白游从中角年。

九、钱新（生卒年不详）

寨湖

道院无人境自清，殿阴宏敞倚轩楹，
湖中烟笠参差钓，树里风帆次第行。
云锁山门两垛寂，人归渡口一舟横，
闲情更觉潇湘远，鼓枻何年泛月明。

观大营盘，因过积庆寺

翩翩裙屐指溪东，春色迎人气渐融，
小立画桥香度水，偶穿曲径马嘶空。
故交邂逅关情切，老衲清闲避世工，
最是归途添逸兴，遥山一角插云中。

移居上沈

赁得茅檐隔市西，门临水曲板桥低，
几年风雾营巢燕，今日花阴带雨犁。
红杏帘前春酒暖，绿杨烟里午鸡啼，
梁鸿虽是贫无赖，短褐偏然快野栖。

十、赵基（生卒年不详），字开仲，岁贡生。明敏过人，博闻强识，早岁即声誉鹊起，实副其名。一时名士如长洲张邦弼、王芑孙、沈起凤、清瑞，吴县石韫玉，崇明张诒，均与交往，文酒之会殆无虚日。后以明经谒选，为金匮县学训导。其文高华典重，诗古体豪健近韩、苏。今体和平尔雅，如其为人。年七十一，卒于署中。

青草滩杂诗

双桨巡船甲令严，过塘尺步认私盐，
细民竞射蝇头利，只是当官怕范廉。
邮亭三尺酒帘飘，婀娜风帆自在招，
流水桃花词客去，更无人问鳜鱼五分桥。
行尽江南水驿程，船头合路晚烟生，
推篷一霎分乡县，水北塘西易送迎。自寨湖至合路村，过塘即秀水界
波啮风饕水拍堤，村氓万杵马千蹄，
补疮剜肉坚牢否，增却塘高岸又低。沿塘圩岸每逢挑筑辄损坏，水潦必决
槐花逐队为谁忙，欲问蟾宫孰主张，
科目自因人地重，荆州准待破天荒。国朝百余年来，吾乡未有发解者
暑绢秋罗目易迷，争如荡北与溪西，
无家不设机丝税，衣被中原到九氐。暑绢、秋罗、荡北、溪西俱绸名
三眠四起候蚕娘，四月江村户户忙，
偏到新丝停络柱，更无余地可栽桑。
红蚕有口不诉苦，千缕万缕为谁吐，
含辛更有饲蚕娘，辘轳声转轮回肠。
大妇燎釜中妇理，小妇倦深嗔不起，
火色易猛手易柔，拨头捉尾蛾眉愁。
豪家昨夜催权息，一寸丝揉一寸结，
泪珠如线掩空箱，今年卒岁无完裳。

十一、陈大绩（生卒年不详），字乃庆。

登黄溪文昌阁

面面轩窗放眼宽，瘦筇引我凭雕栏，
春云舒卷连山动，暮色苍苍隔水寒。
村落两三机轧轧，官塘灯火夜漫漫，

庞眉说偈留人住，为道人闲此最安。

十二、赵齐峄（生卒年不详）

纪黄溪广善堂六事

埋骨

蒿里谁家地，累累块砾繁，贤愚同枕藉，新旧各烦冤。

荷锸青山骼，穿狸白草墦，鸺鹠凄独语，仿佛与招魂。

施棺

念此沟中瘠，谁从原隰求，敝帷同惜马，藉干免亲蝼。

薄劣存孤榇，凄凉委一丘，安知蓬颗下，或有似黔娄。

舍衣

短褐推余暖，酸风集垢衣，总非慈母线，颇似故人绨。

秃尾怜穷鸟，华颠感冻梨，男儿不自庇，颜色使人低。

恤嫠

漆室天光黯，余生蓼苦仍，营身惟十指，恤纬少孤灯。

拾穗无盈掬，炊糜或斧冰，眷言桑梓谊，喘息尚哀矜。

惜字会

扫地谁言尽，藏山良独难，雄六酱瓿覆，蠹简羽陵残。

疥壁经年剥，灾梨几帙完，平生憎爱意，到此亦灰寒。

放生河

漫说潜渊乐，非关畏水清，龟鱼知报德，蛐蛤恋微生。

断罟匡君义，投刀忏佛情，何如万钱食，兀自弃残羹。

十三、钱墀（生卒年不详），字舞丹，号春翘，黄家溪（今江苏苏州吴江）人，诸生。清嘉庆初，应知县唐仲冕的邀请参加《吴江县志》编修。后唐仲冕调任别处，修县志事搁浅。他便将搜集到的黄家溪村地情资料，编成《黄溪志》，为道光十一年（1831 年）刻本。其另有《黄溪诗征》《见闻随笔》《亦陶轩诗钞》等著作。

福德道院铁树花歌，用少陵《古柏行》 树为元时物

荒草古院无松柏，独有铁树根蟠石，
繁花开期六十种，孤干挺高五百尺。
凌厉冰霜阅三代，冰霜怪讶转相惜，
一气接引青山青，千枝穿破白云白。
料得骑牛去向东，真人章奏元天宫，明时，院中有马真人
玉皇诏敕群仙吏，岁岁年年护碧空。
莫使精英历久耗，施以甘雨翔和风，
村民但候花结子，采撷都忘造化功。
吁嗟乎！元家大厦倾梁栋，桢干无人堪藉重，
遂使陵社树千章，劫数难逃兵火送。
惟此灵根寿最长，仙坛久傍常栖凤，
更与人结大因缘，豆惹相思供玩用。

溪上晚步至邻姑庵

闲情何处寄，信步不知赊，桥外观渔网，田间听水车。
径纡芳草乱，庵古夕阳斜，邂逅村翁话，香厨正供茶。

十四、赵兰佩（生卒年不详）

侍郎井

玉槛银床载简编，平芜何处觅涓涓。
侍郎空有头衔贵，古井谁知穿凿年。
一勺寒泉迷蔓草，半弓遗址剩荒烟。
我来抱瓮徘徊久，凭吊斜阳断础边。

徵士宅

遗宅溪南四百年，西村游钓仅流传，
三征隐士同周党，一代高名媲石田。
鱼岛鹤汀埋旧径，芦湾花坞换新阡，

只留小雅高堂在，犹见春秋享祀绵。

重集广善堂示诸同人

只园借得一椽宽，结伴同来话古欢，
天下莫如为善乐，斯人只恐信心难。
福田宁冀终将报，方寸惟期得所安，
但愿始勤勿终怠，绵延不致此盟寒。

十五、陈爵（生卒年不详）

过来远楼故址有感

此地曾传旧有楼，四方名士共来游，
翻因避乱成高会，却使闻风忆胜流。
一片寒烟连野岸，数株老树但荒丘，
玉山佳处同颓废，凭吊斜阳引客愁。

十六、吴有涯（生卒年不详）

挽史伯顾

布衣奔国难，江水日萧萧，骨暴秋风冷，魂归夜月招。
怎家经数载，衬庙自今朝，遗帙何堪理，悲歌续楚骚。

十七、僧文浃（生卒年不详）

题史义维深居

东风开遍故园花，看尽红芳总是家，
问字每勤倾酒桂，移居先遣驾书车。
烟霞谷口常留鹤，葵饭篱头好种瓜，
地脉已回新气象，青云须自惜年华。

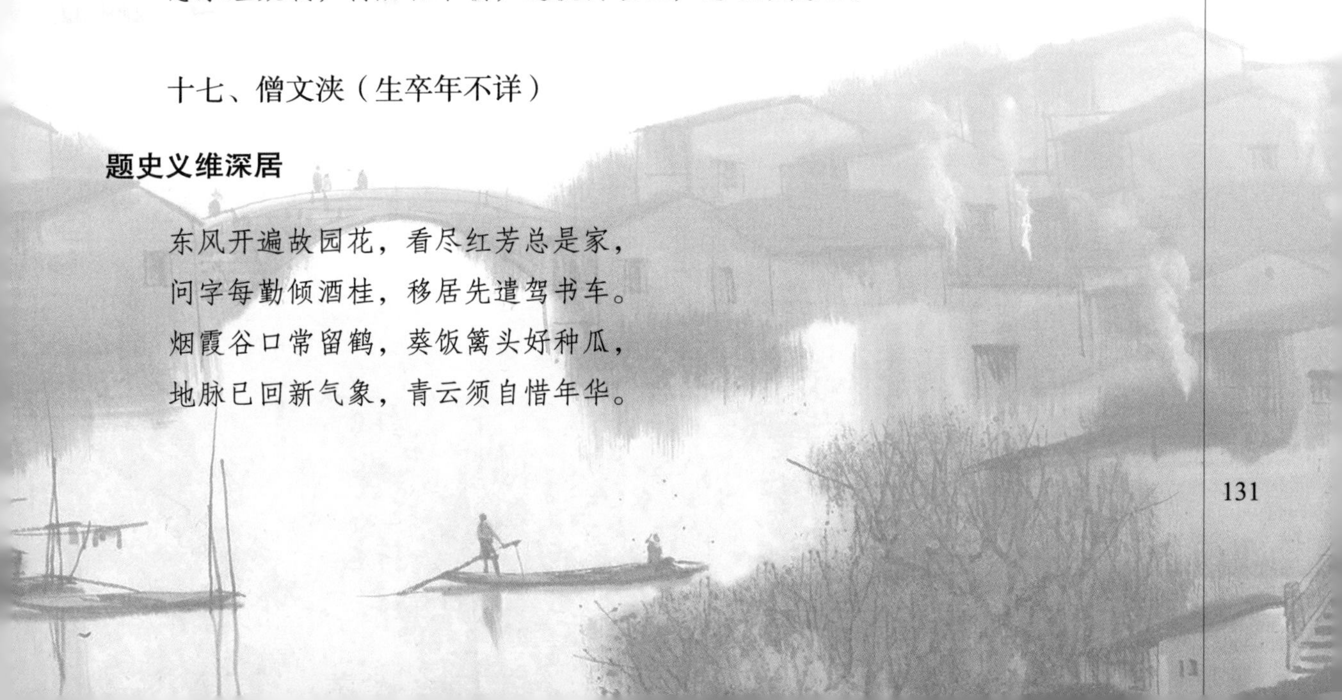

十八、朱鹤龄（生卒年不详）

挽潘江如

薤露歌何数，穷交独叹君，束刍无俗客，挂壁有遗文。
纸称索虚网，书签惨落曛，魂归应有路，终恋穆溪云。

十九、徐汝璞（生卒年不详）

怀史玉长

六世西村后，黄溪迹尚存，老亲游不返，之子誓辞婚。
养母躬耕稼，明里赖弟昆，徐闲时觅句，雨夜共评论。

二十、张世炜（生卒年不详）

题僧敏流诗后

文章晚达未逃禅，修竹梅花结静缘，
酬唱昔为方外友，素交谁得似师贤。

上异观神移银杏

妙术通元世所无，风雷堪唤雨堪呼，
拔山漫诧重瞳力，移树偏惊道士符。

二十一、史炜（生卒年不详）

睡龙庵访僧体微不遇

湖平烟水阔，亭午款禅扉，寂历黄花瘦，飘摇红叶肥。
禽鸣杂清籁，客坐对斜晖，衲子知何处，长吟陌上归。

二十二、周芳（生卒年不详）

上异观神移银杏

偶来古观写黄庭，啧啧犹传道士灵，
今夜月明闻鹤实，依然湖上远峰青。

二十三、许文铭（生卒年不详）

前题

岂是仙人马自然，从来跌宕小壶天，
五丁不识为游戏，银杏双移古观前。

二十四、吴雷发（生卒年不详）

前题

从古神仙果有无，尘寰谁为指迷途，
试看鸭脚青葱处，恐负昂藏一丈夫。

二十五、唐淮（生卒年不详）

读灵颜诗钞即集其句奉题

梦里青山拟结茅，盎然真趣溢风骚，
高风柠想烟霞外，柳浪生时黄鸟娇。
文阵几人摩壁垒，达观早已陋庄生，
清宵坐读谁为相，人向诗边瘦易成。
老去风情在醉乡，数椽茅屋傲羲皇，
抗怀千古怜知己，花发东篱酒正香。
腹有诗书养更纯，瑶华顿尔挹清新，
情深汲古诚堪美，笑我何人此问津。

二十六、曹森（生卒年不详）

九日上异观登高，因过王氏草堂

霜叶惊飞水国寒，因怜九日强追欢。
高秋万里层云人，衰草何年短碣残。
泛菊杜陵吟兴远，趋庭王勃旅怀宽。
嗟余独结凭栏恨，冷雨斜风湿素冠。

二十七、王元文（生卒年不详）

悼石芬子

总角相亲识，如君左右宜，病侵偏及壮，身死竟无儿。
尘掩琴弦寂，庭空草露滋，无生良可学，作达只嫌迟。

追悼钱雪岩夫子

总角追随二十年，吁嗟回首隔重泉，
潜夫有论终须录，伯道无儿实可怜。
独行他时谁立传，招魂此日未成篇，
潘杨谊重情何已，检点残书泪泫然。

二十八、史时（生卒年不详）

仲夏过喻指庵

小桥行过薜萝墙，竹径松阴到处凉，
积雨初收僧午饭，蒲团坐处话农桑。
桑柘缘村有几家，却来僧舍试新茶，
夕阳影里行人少，但听前溪万部蛙。

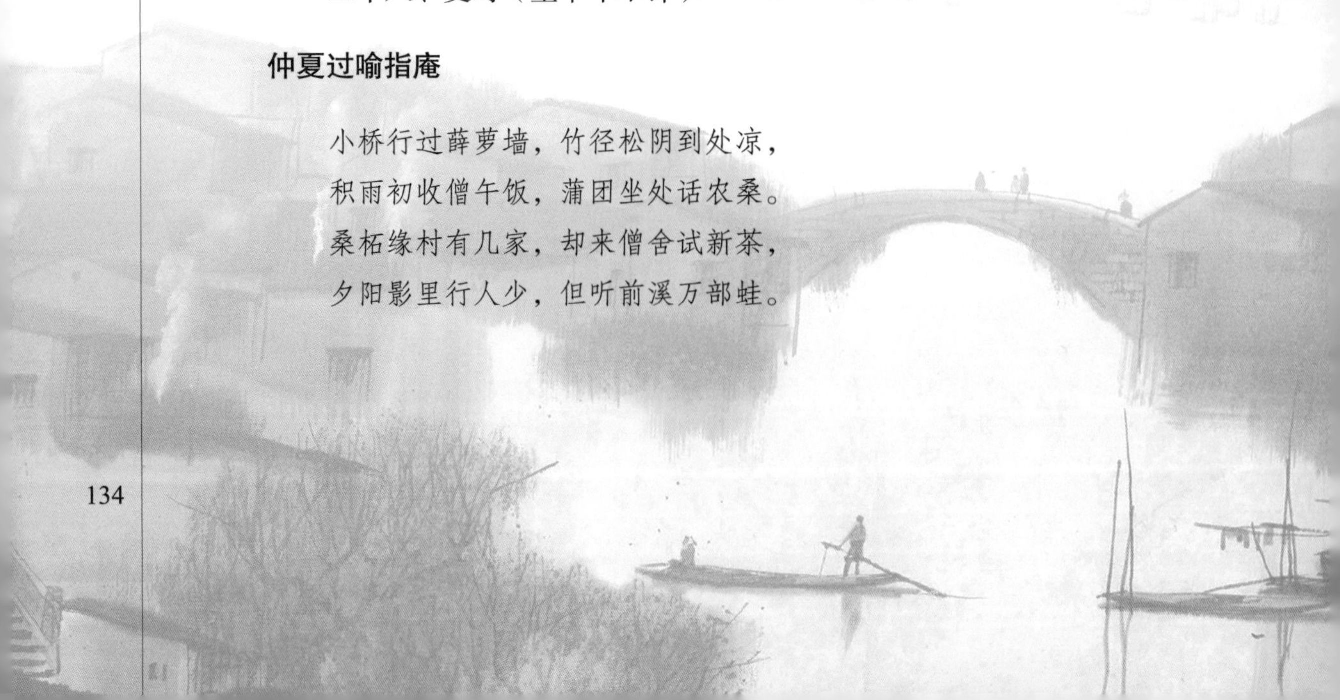

二十九、史垲（生卒年不详）

前题

初祖诛茅地，苍凉不计年，窗开红药雨，门绕绿萝烟。
境僻人稀到，僧孤犊伴眠，诗人寻旧约，同上钓鱼船。
幽栖成结习，门外尽桑麻，布谷催耕急，提壶唤酒赊。
云深藏古木，客到试新茶，不觉徜徉久，前溪落暮霞。

三十、张诒（生卒年不详）

怀赵约亭

百里黄溪时鼓望，相思随意好治装，
篷窗一夜听春雨，人日题诗到草堂。

三十一、洪亮吉（1746—1809年），初名洪莲，字君直，一字稚存，号北江，江苏阳湖（今江苏常州市）人。清代大臣、经学家、文学家。著有《春秋左传诂》《洪北江全集》等。

题范秀才来风《铁琴诗草》

以铁作箫，以铁作笛何如，铁琴声出金石？
琴或以石，琴或以铜，何如铁琴逸响遏空？君家铁琴诗，坚古亦如铁。
前古与后古，试问欲谁敌？一编能窥天地心，白电掣屋霜飞林。
我携君诗及铁琴，海上落落求知音。

三十二、顾王霖（生卒年不详）

过黄家溪

前溪迷晓雾，略约辨微茫，远水浮天白，残阳带雪黄。
鸟啼泥滑滑，山隐树苍苍，安道门前过，扁舟兴欲狂。

三十三、吴士坚（生卒年不详）

访赵约亭即题《青滩杂咏》后

瑶华春去尚书墅，芳草云迷微士家，
别有溪南诗老在，好凭怀古潮烟霞。

三十四、李堂（生卒年不详）

游喻指庵，观撄宁上人《金刚经》墨迹

尘市意不惬，好从方外游，风光何淡沱，南陌野花稠。
跋足望鸱吻，竹树隐偷偷，旁穿桑径人，谷谷鸣春鸠。
门前尽平行，远睇豁两眸，乌桕无留荫，池荷圆叶浮。
莲宇喜洁净，端与静者谋，古殿深且辽，回廊曲复修。
日色不能到，盛夏长如秋，足音隔院响，知是来茶瓯。
此庵缅经始，高僧其姓刘，三字见韩诗，生长山水窟。微之夸越州
蓬莱报清浅，人世何所求，长谢青衿侣，来作细衣流。
圆蒲坐兀儿，破衲寒飕飕，结习未能舍，搦管驱蛟虬。
夙闻有手迹，命彼沙弥搜，什袭闭檀匣，郑重琳琅球。
笔端金刚杵，字与经适酬，气韵脱蔬算，忠义森戈矛。
则知心耿耿，不忘黍油油，西天贝多叶，渍墨难久留。
趁此纸完好，熨贴付双钩，镌之贞珉石，嵌以粉墙头。
永作山门镇，玉带逼相侔，人情洵叵测，典守非悠悠。
兰亭赚萧翼，幽壑负藏舟，缸面酒虽熟，不饮亦可休。
空堂瞻遗像，舒卷张罗帱，披发乘化逝，还念宗人不。吾溪有刘姓，是其族裔

仲夏至慈觉庵，观万历中所藏《华严经》

来往茅蓬五十年，不知藏室有真铨，
大乘力挽牛蹄漏，小劫频更象教延。
锦织盘龙愁手触，金书楷字识心虔，
禅门此际方持诵，太息浮生累俗缘。

黄溪竹枝词

乾隆甲寅，钱太师母叶氏百岁，请旌。其孙城将谋建坊而殁。

旷世人还邀旷典，嗣孙速化可怜伤，
焉知不有扶鸠杖，遍觅溪西百岁坊。

三十五、沈鉴（生卒年不详）

题福德道院，次巴怀庄道人韵

昔年九日，同人为曾行汀先师祝查，集院中者二十余人，今大半物故。

野田一径石梁开，跨鹤仙人去不来，
帆影回塘通合路，雁声排阵落平台。
帝乡云白空千载，铁树花红又几回，
重九当年觞咏客，山阳笛里半蒿莱。

三十六、郁承泰（生卒年不详）

青草滩

青草滩边路，青青杂灰菱，鱼虾争早市，机杼急宵灯。
水驿通南北，蓉庄感废兴，井烟望稠密，高阁晓频登。

县华庵赠方美上人

傍水禅关闭若虑，闲来时甲远公庐，
地临幽寂深山似，人对清腥太古如。
冒雨栽蔬泥滑滑，当檐补被日徐徐。
香添一炷斋方罢，阁阁空堂响木鱼。

广善堂六咏

忆昔原归三寸桐，难禁兔掘与狐攻，
有心种福非无地，指点荒烟蔓草中。掩埋
生前已苦迫寒饥，何物还将死后遗，

我劝三年为石停，好分几片薄杉皮。施棺
一灯如豆隔窗明，饥鼠床头格格声，
指欲堕时肤欲裂，萧萧络纬到三更。恤嫠
文契光华贯日星，作时黄玉降天庭，
糊窗覆瓿频相诫，幸免他生不识丁。惜字
木棉花发足三秋，九月先施卒岁谋，
须识单寒无过望，一肩布衲胜狐裘。舍衣
鱼乐聊从庄惠观，披裘钓客且投竿，
古来解网恩犹浅，此处偏能四面宽。放生

三十七、宋景和（生卒年不详）

寒露日招同孙古杉携小孙涵泛舟黄溪，访东庵看鸡冠花，感而有作连下计作，皆丁丑年诗

昨闻黄由墅，溪东有梵宇，矮屋八九椽，庭宽余旷土。
化疑陈宝种，栽自瞿县倡，笼烟耸绛节，曜日炫金距。
若斗浑希声，初开似振羽，昂藏傍垣墙，植立近堂庑。
如斗是如毯，欲飞还欲舞，观者竞喧传，游人常接武。
余亦动幽兴，晴旭才过午，闲招长啸翁，携桡泛洲者。
到岸已斜阳，舟相集水浒，沿村列茶肆，兼得市酒脯。
童叟既借来，妇女并群聚，静玩围锦屏，百十不计数。
询彼住持僧，陈词更缕缕，云昔老禅师，栽花遍环堵。
扶竹与灌泉，晨昏伴钟鼓，尚记己丑秋，灿烂盈老圃。
迄今逾四纪，繁英盛如故，看花娱老眼，再到谁堪诩。
我儿述土风，旧闻曾采取，简册征遗诗，乾坤叹逆旅。
我今复来此，须发皓如许，畴能固筋骸，坚比金刚杵。
回首顾孤孙，踟蹰久延伫，老友屡慰藉，归篷丛絮语。

三十八、计楠（生卒年不详）

穆溪东庵鸡冠盛开，用东坡粲字韵

泛舟看花来，夕阳明溪半，古庵隐溪东，有花各赞叹。

迤逦人蓬门，喧哗多游玩，昂首立风前，锦绣一庭散。
不争名土场，好与优昙伴，霜叶舞秋丛，露华滋旭且。
记种悬竹牌，题诗据香案，色相原是空，高低却不乱。
或恐尘土污，净水将手盥，今昔阅册年，来看不宜缓。
天巧非翦裁，枝枝脉络贯，丹翰势若飞，翠腹骨不软。
老僧供客荼，竹炉时添炭，香输黄菊篱，艳夺芙蓉馆。
是时天气佳，九秋正晴暖，归棹尚回头，晚霞共花粲。

三十九、周仙根（生卒年不详）

次韵巴敬阳道士，题福德道院

仙宫筑向野田开，控鹤真人去复来，
蓄水应同放鱼涧，道人新建养素堂，旁开小池 谈经合并雨花台。
炉中火沸成丹候，袖底云生采药回，
愧我缘悭曾未到，人间思尺有蓬莱。

四十、赵楚湘（生卒年不详）

同李香严、陆莞香蕴空庵看菊

黄华时节雨频催，问渡欣瞻霁色开，
湖上刚逢三径辟，篱边遥指一僧来。
秋容却比禅心淡，夕照偏随云影馈，
笑我看花无厌意，临行犹乞几枝回。

四十一、钱锋（生卒年不详）

吊潘无隐先生墓

才命难兼实可哀，一抔浅土剩溪限，
曾闻作赋推司马，徒使登台重郭隗。
流水斜阳淹岁月，残碑短碣没蒿莱，
子孙遥隔天涯路，谁向荒原酹酒杯。后人家京口

四十二、陆鐄（生卒年不详）

明府厅

我慕屈明府，出处真自在，偶思闲居好，竟辞建昌宰。
筑室青草滩，室中列兰芭，招隐者谁与，谪仙句可采。

侍郎井

笼卦得水风，改邑不改井，如何邑不改，而井反荒冷。
破瓷碧古苔，寒水浸残荇，空传侍郎名，不见侍郎影。

福德道院看铁树花

铁树闻初放，携朋策短筇，此花开不易，而我喜重逢。
老干云空绕，孤根藓乱封，好风吹雁阵，香影落蒙茸。
种自横州出，仙坛植有年，青霜催树老，红豆惹人怜。
旧梦犹堪忆，新诗此又传，刻期丁卯岁，一笑付陈编。

四十三、于应鹏（生卒年不详）

登文昌阁看雨

崔嵬高阁傍溪隈，帐望遥空景不开，
水气渐腾云气合，风声更挟雨声来。
惊疑窗里轩波起，真似山中石鼓催，
直向天公私祷祝，江头樯楫莫倾催。

四十四、韩壬（生卒年不详）

福德道院看铁树花

飘然杖策到仙坛，老树扶疏石磴蟠，
廿载始逢此花发，一生犹得几回看。
子抛圆豆当阶堕，叶里浓云拂槛寒，
小立斜阳还不去，新诗题遍曲栏干。

四十五、巴纯一（生卒年不详），道士。

上异观即福德道院

院僻红尘隔，泉清碧水深，观后有土泉，琼仙留一壑。
黄真人创始。铁树挺千寻，阁有香云绕，帘无草色侵。
此间足安乐，应忆古人心。

先师祖虚白沈公重兴此院，置田以供香火。

福德道院漫成

古院幽深一径开，携锦剧药我频来，
花香带雨侵书幌，月色寻诗照砚台。
倚槛静观鱼跃上，抚琴闲唤鹤飞回，
个中旧有仙真墓，不使残碑卧草莱。

四十六、陈佑清（生卒年不详）

福德道院铁树花

初开铁树共喧哗，古院相传时代赊，树为元时物
气应庚金凝就质，期周甲子炼成花。
青霜耐去看人老，红豆抛来向客夸，
我岂玉皇香案吏，此生偏得近仙家。

四十七、无名氏

黄溪竹枝词

烟火千家两岸回，罗裳肉味笑颜开，
梦回不识夜深浅，听得机声远近来。
石桥东畔水盈盈，中有烟林佛阁横，
何事村娘偏媚远，武林南海作春行。
花阴密密柳毵毵，麦浪如潮风自南，
到处樗蒲随意掷，衣赀输尽不惩贪。

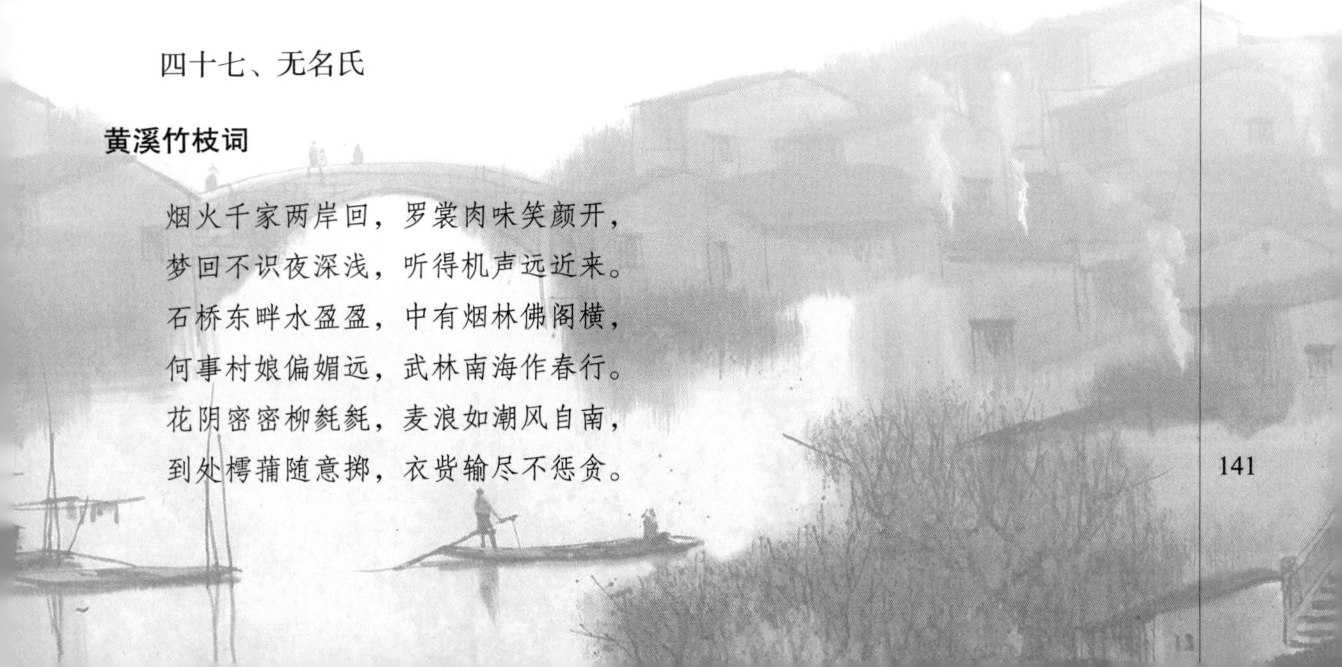

春日垛上即事

树色湖光混不分，俯看流水仰看云，
我来春暮浑无事，半听莺声半梵文。

图书在版编目（CIP）数据

黄家溪村：古诗词辑选 /《黄家溪村·古诗词辑选》编委会编．—上海：上海社会科学院出版社，2021
ISBN 978-7-5520-3414-1

Ⅰ．①黄… Ⅱ．①黄… Ⅲ．①古典诗歌—诗集—中国 Ⅳ．① I222

中国版本图书馆 CIP 数据核字（2020）第 268692 号

黄家溪村·古诗词辑选

《黄家溪村·古诗词辑选》编委会　编

责任编辑　蓝　天
美术编辑　姚　毅

出版发行　上海社会科学院出版社
上海顺昌路 622 号　电话 021-53063735　邮编 200025
http://www.sassp.cn　E-mail:sassp@sassp.cn
经　　销　新华书店
印　　刷　上海展强印刷有限公司
开　　本　787 毫米 × 1092 毫米　1 / 16
印　　张　10
字　　数　200 千字
版　　次　2021 年 4 月第 1 版
2021 年 4 月第 1 次印刷

ISBN 978-7-5520-3414-1 / I·421　　**定价**　78 .00 元